しっぽだけ好き？～恋する熊猫《パンダ》～

HIKARU
MASAKI
真崎ひかる

CHOCOLAT
BUNKO

ILLUSTRATION 小椋ムク

CONTENTS

《プロローグ》

テーブルの上には、たくさんのご馳走《ちそう》が並んでいる。

真っ白な食器と銀色のフォークやスプーン、珠貴《たまき》には難しいからとまだ使わせてもらえない銀のナイフが、燭台《しょくだい》に立てられた蝋燭《ろうそく》の光をキラキラと反射していた。

壁際に積み上げられているリボンのかかった箱は、すべて、自分へのプレゼントだ。

周りには、両親が招待したたくさんの人がいるが、パーティーという場に慣れている珠貴は物怖《ものお》じすることなく大人たちに混じっている。

ただ、ひっきりなしに自分に声をかけてくる大人たちが少し鬱陶《うっとう》しい。ご馳走を食べたいのに、なかなか食べさせてもらえない。

「珠貴くん！　五歳のお誕生日おめでとう」

「はい。ありがと、ございます」

名前を呼ばれた珠貴が振り向くと、そこに立っていたのは知らないおじさんだ。

それでも教えられたとおりにぺこりと頭を下げて、差し出されたリボン付きの箱を受け取った。

中身はなんだろう。大きな箱のわりに、軽い。

「珠ちゃん、こっちおいで」

「あ、博貴《ひろき》兄ちゃん」

一番上の兄に手招きされた珠貴は、嬉々《きき》として駆け寄った。

兄が手に持っている白い皿には、珠貴の好きな前菜が、いろいろ少しずつ盛りつけられている。

「そこのイスに座ろう。ご挨拶《あいさつ》はお休みして、ご飯を食べな」

「うん。ありがと」

壁際に置かれているイスに誘導されて、兄と並んで座る。

笑顔で差し出されたフォークを受け取り、兄が手にした皿にある一口サイズのオムレツに刺した。

モッツァレラチーズを包んであるオムレツは、珠貴の大好物だ。冷たくなっていても、おいしい。

「疲れた?」

「ん……」

主役だから笑っていなさいと言われても、よく知らない大人に囲まれるのは疲れる。オムレツを食べ終えた珠貴は、軽く頭を揺らして兄に答えると、今度は蝶々《ちょうちょう》の形のマカロニサラダを口に運ぶ。

もぐもぐ……と口を動かしていたつもりなのに、目の前がぼんやりと霞《かす》んできた。

「珠貴、フォークを銜《くわ》えたままうとうとしたら、危ないよ」

「う……ん」

兄の手にフォークを取り上げられたけれど、言葉の意味がきちんと頭に届かない。返事ができたかどうかも、わからなかった。

「こっち。お兄ちゃんに、もたれかかってなよ」

「ん」

身体を抱き寄せられて、兄の肩に頭を預けた。

一番上の兄は、高校生で……珠貴には大人と同じように見える。中学生の二番目の兄や三番目の兄より、遠慮《えんりょ》なく甘えられる存在だ。

「あっ、博貴兄さん！　珠ちゃんを独り占めするなよ」

「シッ……由貴《よしき》。珠貴が起きるだろ。疲れてるんだ。寝かせてあげよう」

「ちぇ……」

これは、二番目の兄の声？　そっと髪を撫《な》でられた感触に続いて、一番目の兄とは反対隣にその声の主が腰を下ろす。

「可愛《かわい》い寝顔。生まれた時は、妹じゃないのか……ってガッカリしたけど、弟でも珠ちゃ

ん は可愛いよな」

「弟だろうと妹だろうと、関係ないだろ。珠貴は珠貴だ」

「フリルいっぱいのシャツが似合うしね。今年もドレスを着せたがっていた母さんは、イヤだって逃げられてガッカリしてたけど」

「仕方ない。もう五歳なんだから、去年までとは違うだろ。まぁ……リボンやフリルで着飾らせられないのは、ちょっとだけ残念だけど」

「ココア色の髪に、大きな目……どんな女の子より可愛いもんなぁ」

目を閉じた珠貴は、自分を挟んで兄たちが話しているのを聞きながら、ゆらゆら……心地いい微睡《まどろ》みに漂《ただよ》った。

パチッと目を開けると、見慣れた白い天井が目に映る。パーティールームの高い天井や、キラキラ眩《まぶ》しいシャンデリアではない。

パーティーは終わったのだろうか？　いつの間に？

目を手の甲《こう》で擦《こす》ると、珠貴が目を覚ましたことがわかったのだろう。中学生になったばかりの、三番目の兄が顔を覗き込んできた。

「目が覚めた？　よく寝てたなぁ」

「……うん。おはよ、友貴《ともき》兄ちゃん」

ここは……リビングだ。大きなソファに、寝かされていたらしい。おはようと口にした珠貴に、兄は「まだ夜だよ」と笑う。

「お父様から、プレゼントがあるんだって」

「いっぱいもらったよ？」

リボンを解《ほど》いて箱を開けるだけでも大変そうなくらい、たくさんプレゼントをもらっている。

誕生日だけでなく、普通の日も……欲しいと思う間もなくいろんなものを与えられるので、プレゼントと聞いても嬉しいというより困った気分になる。

「ちょっと特別なプレゼントなんだって。……目を閉じてて」

「うん……？」

目を閉じるように言われた珠貴は、首を傾げながら兄の言葉に従った。さらに、目の上を両手で覆う。

リビングのドアが開く音……兄と父が、「早く」とか「リボンを結ぶのに時間がかかったんだよ」と話している声が聞こえる。

ソファに座って目を閉じていた珠貴は、

「もういい？」

と、両手で塞いだまま目を開けた。

指の隙間から、ほんの少し周りの様子が見える。

「ハッピーバースデー、珠貴」

父親の声と同時に膝《ひざ》の上になにかを乗せられて、驚いた珠貴は「わっ！」と目元にあった両手を下ろした。

なに？　ふわふわしたものが、手に触れた？

「な、なにこれ。ぬいぐるみが動いてるよ？」

膝の上でゴソゴソ動くモノの正体がわからなくて、触ることもできない。

ＡＩで動くぬいぐるみはいくつか持っているけれど、これまでに見たことのない動きで……なにより、膝があたたかい。

狼狽《うろた》えていると、青いリボンが首に巻かれている動くぬいぐるみが、空色の瞳で珠貴を見上げて「ぴぃ」と小さく鳴いた。

「ははは、珠貴、それはぬいぐるみじゃないよ」

「ぬいぐるみじゃないの？　生きてる、にゃんこちゃん？」

ふわふわの白い毛には、水玉模様《もよう》がある。三角形の耳に、長い尻尾《しっぽ》……珠貴が知っている動物だと、これは猫だろうか。

立体ホログラムやぬいぐるみ以外の、生きて動いている本物の動物に接したことのない珠貴は、戸惑うばかりだ。

「これはね、猫じゃなくてユキヒョウの赤ちゃんだ。今はまだ珠貴の膝に乗るくらい小さいけど、猫よりずっと大きくなるぞ」

「ユキヒョウ?.」

初めて聞く名前だった。

大きくなると言われても想像がつかなくて、膝の上で動く毛玉のような獣《けもの》を見下ろしながら復唱する。

「あなた、ユキヒョウなんて本当に大丈夫なの？　引っ掻いたり噛《か》みついたりして、珠貴が怪我《けが》をしたら」

不安そうな面持《おもも》ちの母親が、父親の隣に立って珠貴の膝を覗き込む。

珠貴は、母親が口にした言葉にますます身体を硬くして、父親を見上げた。

「引っ掻くの？　噛む?.」

「いやいや、心配しなくていい。このユキヒョウはマイクロチップで脳波をコントロールしているから、凶暴性《きょうぼうせい》はない。猫より大人しいくらいだ。美しい毛皮だろう?.」

ふふ……と笑った父親が、珠貴の膝の上に座り込んでいる獣の頭を撫でた。

確かに、ふわふわの毛は綺麗《きれい》だ。さっき珠貴を見上げた空色の瞳も、母親が持っている宝石みたいだった。

ゆっくりと近づいてきた博貴が、そっと獣の頭を撫でる。

「うわ、ほわっほわだ」

「へぇ……どれどれ。ああ……本当だ。やわらかい毛だなぁ」

「うん。手触りがいい」

三人の兄も、父親の真似をして順番に撫でたけれど、獣は珠貴の膝の上でジッと座ったまま動かない。

引っ掻いたり噛みついたりする様子はなくて、少し肩の力を抜いた。

「珠貴も触ってごらん」

父親に促《うなが》されて、ソファに下ろしていた手を恐る恐る上げる。そろりと獣の背中に触れ
……あまりのやわらかさに驚いた。

「ふわ……ってした」

こんな手触りのぬいぐるみは、一度も触ったことがない。

兄たちが、触り心地がいいと言って触れてくる自分の髪の毛も、こんなにふわふわしていない。

あたたかくて、やわらかくて……不思議《ふしぎ》だ。

「うわっ、な……舐《な》め……た」

くるりと頭を動かした獣に、突然指先を舐められる。ビクッと身体を震わせた珠貴に、博貴が「はは」と笑った。驚いたことを笑われてしまい、むぅ……と頬を膨《ふく》らませる。

「博貴兄ちゃん、笑ったぁ」

「ごめん。可愛い驚き方だったから。珠貴が好きって言ってるんだよ。名前をつけてあげなきゃね。雌《めす》？　じゃなくて、雄《おす》？　じゃあ、珠貴の弟だ」

「名前……？　えーと……ユキちゃん？」

父親が、確か……ユキなんとかと言っていた。

そう思い出して口にすると、「覚えやすくていいんじゃない」と二番目の兄の由貴が賛成してくれる。

「ユキヒョウなどよく手に入りましたね、お父様。復活絶滅種《ふっかつぜつめつしゅ》は、国家保護動物じゃありませんか？　研究施設か絶滅種動物園で見物《けんぶつ》することはできても、一般家庭での飼育は難しいはずでは……」

そう尋《たず》ねた博貴に、ソファの脇に立って珠貴たちを見ていた父親が感心したようにうなずいた。

「よく知っているな、博貴。知人が特殊絶滅種研究所に勤めていて、その伝手《つて》でね。国の許可証がなかなか発行されなくて、珠貴の誕生日までに連れ出せないかと思ったが、ギリギリで間に合ってよかった。おまえも欲しいか？」

「いえ、僕はいいです。ネコ科よりイヌ科が好きですし」

「なんだ、それなら今度、アラスカオオカミあたりでも貰ってこよう」

父親の言葉に、由貴が「はい」と手を挙げる。

「お父様。僕はライオンがいいです！」

「僕はジャガーかシベリアタイガーが」

由貴に続いて、友貴が挙手《きょしゅ》して希望を口にしたけれど、それまで黙ってやり取りを見ていた母親が割って入った。

「あなたたち、うちを動物園にでもするつもりなの？　私は、猛獣《もうじゅう》がウロウロする家なんて嫌ですよ」

「ということだから、諦《あきら》めなさい。お母様を説得《せっとく》できたらいいぞ」

「……お母様が嫌がっているなら、我儘《わがまま》は言えません。なぁ、由貴、友貴」

「うん……」

「諦める」

両親と兄たちが話している声をぼんやりと聞きながら、珠貴は膝の上の獣をマジマジと見詰める。

そっと頭を撫でて「ユキちゃん」と呼びかけてみると、小さな三角形の耳をピクピク動かして、珠貴を見上げた。

可愛い。空色の目が、キラキラしている。

小さくてあたたかくて、やわらかくて……自分が護《まも》ってあげなければならないと、熱くて優しい気持ちが胸の奥から込み上げてくる。

両親にも、歳の離れた三人の兄にも庇護《ひご》されてばかりの珠貴は、生まれて初めて自分が護りたい存在に出逢《であ》った。

「僕の弟。ユキちゃん」

珠貴の言葉に応えるように、ザラッとした舌で指先をぺろぺろ舐められて……くすぐったさに笑いながら、肩を竦《すく》ませた。

《一》

ヘリポートに着陸した自家用ヘリコプターを降りると、スーツ姿の数人の中年男性が待ち構えていた。

「お待ちしていました。夏川《なつかわ》社長……と、ご子息の……」

「四男の珠貴だ」

チラリとこちらに向けられた男性の目に迷いを見て取った父親が、短く珠貴の名前を口にする。

珠貴は、『お行儀《ぎょうぎ》のいいご子息』という名の巨大な猫を被って、三人の男性に頭を下げた。

「夏川珠貴です。本日は父に無理をお願いして、同行させていただきました。よろしくお願いします」

行儀のいいお坊ちゃまを演じることには、慣れている。

すらすらと挨拶した珠貴に、男性たちは口々に「聡明《そうめい》そうなご子息で」とか「実に礼儀正しい。さすが夏川社長の息子さんですね」とか、あからさまなおべっかを使う。

兄の秘書見習いという立ち位置に甘んじて、四人兄弟で唯一大学進学していない珠貴を、どうせ、心の中では「これが夏川の末息子か。優秀と評判の兄三人とは違って、頭の出来がよくないと噂《うわさ》の……」と、嘲笑《ちょうしょう》しているくせに。

男性たちの目が自分から逸《そ》らされると、珠貴は義務の挨拶は済んだとばかりに、愛想笑《あいそわら》いを消した。ふいっと顔を背《そむ》けて、周囲を見回す。

海に浮かぶコンクリートの立方体……にしか見えない無機質な建物が、いくつも渡り廊《ろう》下《か》でつながっている。

ひときわ高い位置にあるヘリポートから見下ろす建物群は、映像で目にしたことのある宇宙ステーションのようだ。

ところどころに、白いドーム状の建造物が見えるのは、事前に入手したパンフレットに載っていた動物たちの運動場だろう。

それぞれの生息環境に合わせて、砂漠や岩山、草原に湿地帯……サンゴ礁《しょう》のある海まで、様々な環境が人工的に作られているらしい。

二一〇四年の現代において、地球上のどこにも存在しない気候や草木さえ、忠実《ちゅうじつ》に再現されているという。

技術はすごいと思うけれど、なんとも歪《いびつ》な空間だな……と、ひっそり眉《まゆ》を顰《ひそ》めた。

「失礼します。珠貴さん。こちらにサインをいただけますか？」

「あ……ハイ」

ファイルに挟まれた書類には、この『特殊絶滅種研究所』を見学する際の注意事項が、事細かに書き記《しる》されている。

丁寧《ていねい》に読み込むのが面倒で、ザッと斜め読みした珠貴は、末尾《まつび》に自身のサインを記して男性にファイルを返した。

きっと、珠貴がろくに目を通していないことはわかったはずだが、「お手数《てすう》をおかけしました」の一言で引き取られる。

「こちらのＩＤカードを携帯なさってください。臨時《りんじ》のものですが、立ち入り禁止区域以外のゲートは、こちらをカードリーダーに翳《かざ》すことでロックを解除できます」

「あー……はい」

手渡されたカードケースを首にかけて、小さくうなずく。面倒だと隠そうともしない珠貴の態度に、彼は不快そうな顔を微塵《みじん》も見せなかった。

珠貴に、気を遣っているのではない。

ここの巨額スポンサーである父親の目があるから、息子の珠貴も丁重《ていちょう》な扱いを受けられるし、ほぼノーチェックで立ち入りが許可されたのだ。

珠貴も、もう十九歳だ。

子供の頃は、大人たちからちやほやされることに疑問を抱いたことはなく、傲慢《ごうまん》にも当然のように受け止めていた。

けれど現在では、あちこちで特別扱いをされるのは父の威光《いこう》があってのことだと理解できる程度には、歳を重ねている。

この職員も、心の中では「クソガキが」と吐き捨てているに違いない。

「失礼ですが、館内に入られる前に消毒ルームで消毒をお願いいたします。靴底の付着物を落とすために消毒薬のプールを通過していただきますが、お履物《はきもの》は濡れても大丈夫でしょうか。問題があるようでしたら、こちらで館内用のシューズを用意いたしますが」

「問題ない。珠貴？」

「僕も平気です。消毒が必要なことは、予測していましたから」

珠貴の答えに、男性たちは少しだけ意外そうな表情になった。

どうせ、高価な靴を濡らしたくないと、駄々《だだ》を捏《こ》ねる……とでも思っていたのだろうと、心の中で舌を出す。

バカ息子と噂されているのは珠貴自身も承知《しょうち》しているが、甘んじて嘲笑されてやるつもりはない。

「では、ご案内いたしますので……こちらへ」

父親と肩を並べて歩き出した男性たちの後を、珠貴は数歩遅れてついて行く。

自分は父親のオマケなのだ。もてなす彼らの邪魔《じゃま》にならないよう、少し距離を置くべきだろう。

「……特殊絶滅種、研究所か」

初めて足を踏み入れた空間は、不思議な空気に満ちていた。

ここは、かつて地球に存在していながら絶滅した動植物を復活……もしくは、絶滅危惧《きぐ》種を繁殖《はんしょく》させるための施設だ。

世界中から卓越《たくえつ》した頭脳を持つ学者が集まり、共同で運営している各国の国費や、父親のように私財《しざい》を寄付しているスポンサーによる研究費で以《もっ》て、日々研究が行われている。

植物学者、動物学者……医学博士や遺伝子工学の権威まで。各専門分野のトップクラスの集団は、週に何度か通いでやって来る一部の人を除いて、大半が海に浮かぶこの人工島で生活しているらしい。

巨大都市というよりも、特殊なルールによって成り立つ小さな自治国家と呼ぶほうが正しいかもしれない。

一般人の立ち入りは基本的に禁止されていて、備品の搬入業者や調理・清掃といった生活サポートのスタッフを除いては、厳しい審査を受けた入所候補者か視察目的の関係者の訪問がごく少人数許されるのみだ。

研究者やアルバイトとしては、能力が足りずにここに入所する資格がないと自覚している珠貴が立ち入るには、こうしてスポンサーの父に随行《ずいこう》するしか手段がなくて……不本意ながら、虎《とら》の威を借りることに決めた。

清潔《せいけつ》な白い壁と、昼夜によって微妙にルクスを変化させる照明、リノリウムの廊下。すれ違う研究者は人種も年齢も様々で、共通していることと言えば……凡人《ぼんじん》の珠貴とは、比較にならない知能指数の持ち主ということだろうか。

「夏川さんとご長男は、何度かこちらにいらしていますが……末の息子さんは、初めてお目にかかりますね？」

「これまでも見学してみたいとせがまれていたんだが、既定の年齢に届かなくて連れて来られなかったんだ。ようやく十九歳になった」

案内人に話しかけられた父親が答えると、斜め前を歩いている一人が珠貴を振り返って尋ねてきた。

「絶滅種に興味がおありで？　大学で専攻されているとか？」

「……興味はありますけど」

頭脳が足りなくて、師事したい生物学の専門家がいる大学に合格できなかった、とは続けられなかった。そこそこの大学を受験すれば合格はできただろうけど、父親が金銭を都合して裏口入学したと思われるのは腹立たしいし、望む講義が受けられないのでは意味がない。

ちっぽけなプライドだとわかっているが、『バカ息子か』と嘲《あざけ》りが見え隠れする目で見られるのは悔《くや》しい。

語尾《ごび》を濁《にご》した珠貴にそれ以上追及《ついきゅう》してくることなく、職員は父親とポツポツ話しながら廊下を進む。

「前回夏川さんから提供を受けました寄付金で、新しい施設を作らせていただきました。これからご案内するドームは、温度や湿度だけでなくスコールまで再現できる熱帯雨林《ねったいうりん》の環境で……」

寄付金の用途を語りつつ、更なる協力を求めるためか、男性たちは父親に向かって熱心に説明している。

熱帯雨林に大した興味のない珠貴は、キョロキョロ落ち着きなく視線を巡らせながら建物を繋ぐ渡り廊下を歩いた。

研究者を始めとした職員たちの居住棟や、ライブラリー……これから向かう、かつての生息環境に合わせた動物たちの運動場。

珠貴の一番の目的は、それらどれでもない。

「繁殖施設は……見せてもらえないのかなぁ」

ここでは、誕生した復活絶滅種や絶滅危惧種の幼獣が、多数養育されているはずだ。

今から十二年ほど前、二〇九〇年代の終わりごろにある優秀な遺伝子工学博士が、DNA互換《ごかん》システムの構築を成功させて絶滅種の復活を可能にしたということは、珠貴も知っている。

それまでは、標本《ひょうほん》やホログラムでしか見ることが叶わなかった絶滅種の動物も、今では生きて動いている姿を目《ま》の当たりにして触れることさえできる。

DNA互換システム理論は、化学記号と共に簡潔《かんけつ》に図解《ずかい》されていても珠貴ではよく理解できなかったけれど、画期的《かっきてき》ですごいことだとは思う。

ただ、復活絶滅種は一代限りで二代、三代と繁殖を継続させることが未《いま》だにできない。

そして、本来の種の寿命《じゅみょう》とされる年数よりも、はるかに短い年数しか生きられない。

今の珠貴がわかるのは、それくらいだ。

「あ……ヤバ。置いてかれそう」

足元に視線を落としてぼうっと歩いていたせいで、気がつけば父親たちからずいぶんと後れを取っていた。

急ぎ足で追いかけようとした珠貴だったが、ふと視界の隅《すみ》を過《よぎ》ったモノにピタリと足を止める。

「今の……って」

ふさふさの白い体毛《たいもう》に、特徴的なグレーの模様。猫と呼ぶにはサイズが大きく、なにより……一メートル近い長さの、太い尻尾。

これらの特徴を持ち合せた獣が多く存在するとは思えない。きっと、珠貴もよく知っている、あの獣……。

「ユキヒョウ……だ」

ポツリとつぶやいて、表情を引き締めた。首から下げた細いチェーンにつけてあるペンダントトップを、シャツの上からギュッと握る。

自然界では、二〇七〇年あたりを最後に目撃証言が途切れ、EW《野性絶滅》したものとしてレッドデータブックに記されている美しい毛皮の獣だ。

優美な毛皮を纏《まと》う高貴な姿は、一度目にしたら忘れられない。

現在珠貴がいる渡り廊下とは別の、二十メートルほど離れた位置にある通路を通って行ったけれど、見間違えるわけがない。

「……あっちに行ったよな」

父親を含《ふく》む四人は、珠貴がついて来ていないことに気づかないで、どんどん先に進んでいる。

今なら、こっそり踵《きびす》を返して離れても、誰にも見咎《みとが》められないだろう。

「追いかけよう」

迷いは一瞬で、回れ右をした珠貴は早足で渡り廊下を引き返した。

分岐点《ぶんきてん》まで戻ると、つい先ほど目にした獣とそれをつれていた青年が向かったドームへと続く渡り廊下に、進路を変える。

珠貴が所持しているＩＤカードは、短期滞在者用に発行された臨時のものだ。立ち入りが許可されない区域も多く、ゲートで弾かれるかもしれない。

ダメで元々だと思いつつゲートのロック部分に翳すと、カシャンと小さな音と共にランプがレッドからグリーンへと変わった。

「解除できた？　……ラッキー」

自然環境を再現した、動物たちのためのドーム状の運動場は、絶対的な機密施設というわけではないらしい。

笑みを浮かべた珠貴は、わくわくする心を抑え切れずに弾む足取りでゲートをくぐる。

自動扉を入り、頬を撫でる風に目をしばたたかせた。

「うわ、涼《すず》し……い」

足を踏み入れたドームの中には、これまで珠貴がいた世界とは別の空間かのような、不思議な空気が満ちていた。

青々とした樹木《じゅもく》が立ち並び、灰色の岩が聳《そび》え立っている。気温は、長そでのシャツ一枚では肌寒く感じる低さだ。

高地を再現してあることは明確で、やはり先ほど見かけた獣は『ユキヒョウ』に違いないと自信を深める。

「ここに入ったはずだけど……」

切り立った岩が視界を遮《さえぎ》り、かなり広そうなドームの見通しはよくない。ここからでは、入り口付近のわずかな空間しか見て取れない。

岩場をよじ登ることは、可能だろうか。高いところに立てば、広い範囲を見回すことができそうだが……。

「よし、行ってみよう」

ここでぼんやりと突っ立っていても、どうにもならない。行動あるのみだとうなずいて、丈《たけ》の高い草を踏みしめる。

手近な岩に手をかけたところで、背後からゲートの開く音が聞こえてきてギクリと動きを止めた。

まずい。きっと、ここは珠貴がいてもいい場所ではない。間違いなく、不審人物だ。言い訳。……ここにいても不自然だと思われない、言い訳……は、なにか……。

ダメだ。思いつかない。

動くこともできずに岩に両手をかけた状態で硬直《こうちょく》していると、珠貴の背中に男の声が投げつけられた。

「おい、そこの不審者」

「……………」

「聞こえてるだろう。白いシャツに紺のボトムスのおまえだ。見慣れない人間がドームに入るのが見えたから、追いかけてみれば……ガキだな。ここでなにをしている？」

落ち着いた低い声には、あまり抑揚《よくよう》がなく……淡々《たんたん》と詰問《きつもん》してくる口調は、当然のことながら険《けわ》しい。

それでも答えず、振り返ろうともしない珠貴に焦《じ》れたのか、ザクザクと草を踏む音が近づいてくる。

肩を掴まれ、クルリと回れ右をさせられた。ビクッと首を竦ませた珠貴の目の前に立つのは、白衣をまとっている長身の人物だ。

なにも言えず、顔を上げることもできなくて男の足元に視線を泳がせていると、予告なく胸元で揺れているカードケースを引っ張られた。

「チッ、名無しか。日本語が理解できないのか……と思ったが、通じているよな？」

珠貴が首から下げている臨時発行のＩＤカードには、名前が記されていない。身体的な特徴から、日本語が通じていないわけではないと判断されたのだろうか。

男の言葉で「日本語がわからないふりをすればよかった」と思い至《いた》ったが、反射的にうなずいてしまった今となっては後の祭りだ。

それに、日本語がわからないふりをして英語で話しかけられても、すぐにボロが出てしまっただろう。

珠貴の英語力は、日常会話がなんとかこなせる程度なのだ。兄たちのように、ほぼネイティブの発音でもない。

「答えろ。ここでなにをやってる」

「なに……って、ユキヒョウ……」

うつむいて、ボソボソつぶやいた珠貴の声は男にまで届かなかったのかもしれない。

怪訝《けげん》そうに、

「ああ?」

と、聞き返される。

ずいぶんと横柄《おうへい》な態度なのは、この男にとって今の珠貴が『正体不明の不審人物』だからに違いない。

子供の頃から、大人も同世代の子たちも、珠貴にはわざとらしいほど丁寧な態度で接してきた。

だから、素っ気ない……を通り越して、雑《ざつ》な言葉遣いで話しかけられることはこれまでなくて、なんだか新鮮《しんせん》だ。

「ハッキリ答えろ。ゲートロックを解除できるカードを持ってるってことは、不法侵入者ってわけじゃなさそうだが……聞いてるか?　顔を上げろ」

片手で前髪を掴むようにして、強引に顔を上げさせられる。こんなにも手荒く扱われたのも初めてで、珠貴は目の前の男をギロリと睨《にら》みつけた。

「……っ」

どんな凶暴な外見の乱暴者《らんぼうもの》だ、とゴリラのような大男を思い描いていた珠貴の予想は、ものの見事に崩《くず》れ去ってしまった。

甘そうな蜂蜜色《はちみついろ》の髪に、こちらを見下ろす瞳は淡いセピア色。クッキリとしたアーモンド形の瞳、違和感を覚えるほど高くはないけれどスッと通った鼻筋……。アングロサクソンにスラブ系にモンゴロイド、複数の人種の優れた部分のみを掻き集めたかのような、絶妙なバランスの端整《たんせい》な顔立ちだった。

混血は珍《めずら》しくないけれど、『宗教画から抜け出たような人間離れした美形』という言葉がピタリと当てはまる際立《きわだ》った容姿《ようし》の人間など、初めて目にした。男だとか女だとか、性別を超越《ちょうえつ》した「綺麗」としか表現のしようがない容貌《ようぼう》だ。

兄たちから「お人形さんみたいだ」と言われて育ったが、こんな人間を目の当たりにすると、自分など並ぶのも恥ずかしいほど凡庸《ぼんよう》な容姿に過ぎないと痛感《つうかん》する。

不躾《ぶしつけ》に凝視《ぎょうし》している珠貴を、感情の窺えない顔で見返している。これほどの美形なのだから、他人に見られることには慣れているのだろう。

百六十三センチで足踏みしている珠貴より、たぶん二十センチは上背《うわぜい》があって……白衣を着ていることからも研究員なのだろうと推測できるが、容姿を売りにした職業に就《つ》いていないのが不思議なくらいだ。

圧倒的な美形の迫力に声もなく凝視していると、ほんのりとした血色の唇《くちびる》がゆっくりと開かれる。

「なんとか言え。間抜け面で……寝呆けてんのか？　それとも、頭が悪すぎて質問が理解できないのか？」

淡々とした口調で語られた言葉は、辛辣《しんらつ》で遠慮容赦《ようしゃ》のないものだった。綺麗な顔をしているだけに、ダメージが大きい。

「っ！　キレーだけど、性格と口が悪い！」

カッと頭に血が上った珠貴は、男の顔を指差しながら、思い浮かんだ言葉をそのままぶつけた。

初対面の人間に、面と向かって頭が悪いと言われたのは初めてだ。心の中では、そう思われているかもしれないけれど……。

珠貴が突きつけた指先を無言で見ていた男は、ゆっくりとまばたきをしてかすかにうなずいた。

「……なるほど」

なにが、なるほど？

珠貴がそんな疑問を口にする前に、男が言葉を続ける。

「生意気だが威勢《いせい》がいい。面白いな、チビ」

「ッ……どうせ、小っちゃいよ。あんたみたいにスクスク育った人間には、努力でどうにもならない身体的難点に悩む人間の気持ちなんか、わかんないんだ」

　眉を顰めた珠貴は、この男にぶつけても仕方のない恨み言《ごと》をブツブツと口にする。逆恨《うら》み……いや、八つ当たりだ。

　すると、意外なことに男が表情を変えないまま言い返してきた。

「そりゃそうだ、すまなかった。外科手術で骨を伸ばすことも不可能ではないが、自然のままであることを選択したおまえの心意気は悪くない」

「ど……どうも」

　やけにすんなりと謝罪されてしまうと、反発心が行き場を失ってしまう。

　骨の成長を促進《そくしん》させる細胞を移植したり、人工的な骨折状態を作ることによって骨を伸ばしたりする術《すべ》があることは、珠貴も知っている。

　ただ、珠貴自身が……というよりも、兄たちが「珠貴はそのままでいい」とか「健康に問題があるわけじゃないんだから、安易《あんい》に外科処置を受けるな」と言ったので、外的要因に頼ってまで身長を伸ばそうとしなかった。

　結果が、ついさっきこの男にも言われたような『チビ』なのだが……成長をサポートするサプリメントくらいなら摂取してもよかったかと、少しだけ後悔している。

「で、おまえがここにいる理由だが……社会科見学中に迷子《まいご》にでもなったか。管理センターに連絡して、迎えを寄越《よこ》させよう」

「迷子、って……おれは子供じゃないし、迷ってもない」

「じゃあ、どうしてここにいる？　部外者が、案内もつけずに単身で……。理由によっては、通報先が管理センターじゃなくて警備室になるぞ」

父親と自分を案内してくれていた職員たちは、言い方を変えれば『監視人』だ。

立ち入ってはならないところに入り込んだり、勝手な行動を取ったりしないように、見られても問題のない箇所だけを自分たちに見学させていた。

外部の人間に対する徹底《てってい》した警戒を思えば、こうして一人きりで見学ルートでもないところにいる珠貴は、とてつもなく怪しいだろう。

屈辱的《くつじょくてき》な単語だが、「迷子」ということにしておいたほうがこの場を切り抜けるには無難《ぶなん》だったかと、反射的に否定した自身を悔《く》やみつつボソボソ言い返す。

「う……それは、その……渡り廊下のところで、見かけて」

「見かけた？」

チラリと視界を過ったのは、間違いなくユキヒョウだった。あの美しい獣を、珠貴が見間違えるわけがない。

ただ、ユキヒョウを追ってここに入ったと言ってしまってもいいのか、語尾を濁した珠貴は男が着ている白衣の胸元に視線を泳がせて……眉間に深い縦皺を刻んだ。

どうして、白衣の内側が膨らんでいて……しかも、もごもご動いているのだろう？

「あの、なんか動いて……」

疑問を口にしかけた珠貴の言葉が終わらないうちに、白衣の襟元《えりもと》から毛むくじゃらの獣が顔を覗かせる。

不意の登場に驚いた珠貴は、背中を反らして男の胸元を指差した。

「うわっ、なに？　なんか出たっ」

「おい、隠れてろ」

男は白衣の内側に押し戻そうとしたけれど、その獣は言葉に反抗するように完全に這《は》い出てしまう。

赤褐色《せきかっしょく》のぼわぼわした毛、内側は白く外側は黒い毛が混じった丸い耳、鼻の周りは白くて……濃い褐色の毛に覆われたどっしりとした前脚は、やけに太く見える。ぼわぼわとした尻尾は、綺麗な縞《しま》模様だ。

こちらを見た獣と目が合うと同時に、心臓がトクンと大きく脈打つ。

「なにそれ。めちゃくちゃ可愛い！」

まるで、動くぬいぐるみだ。ふらりと手を伸ばした珠貴から、大きく足を引いて逃げつつ男が口を開いた。

「汚い手で触ろうとするな、ボケ」

遠慮容赦ない口調で「汚い手」と吐き捨てられ、珠貴はムッと言い返す。

そんなこと、生まれて初めて言われた！

「き、汚くない！　失礼なっ」

「こいつにとっては、汚ねぇんだよ。ウイルス耐性《たいせい》が低いんだ。消毒していない手で触るのは厳禁《げんきん》だ」

理路整然《りろせいぜん》とした言葉に、ハッとした。

引っ込めた自分の右手のひらをチラリと見下ろした珠貴は、ギュッと拳《こぶし》を握る。男の顔を睨みつけていた目を獣に落として、ポツポツ口を開く。

「……ごめんなさい。一応、入る時に消毒ルームは通ったけど……やめておく」

本当は、触りたい。男の胸に抱かれた獣は、ふかふかの毛に覆われていて見るからにやわらかそうで……魅力的だけれど、ウイルス感染のリスクがゼロではない限り、珠貴が触ってはいけない。

しゅんとして謝罪した珠貴に、男は意外そうな声で返してきた。

「ふーん……生意気なクソガキかと思ったら、予想外に素直でイイ子だな」

「はぁ？」

思いもよらない台詞《せりふ》に驚き、再び顔を上げた。無表情で珠貴を見下ろしている男と、バッチリ視線が絡み合う。

なにを考えているのか、微塵も読み取れないポーカーフェイスだ。

笑うでもなく、そんなふうに「イイ子」と言われても……。

「なんか、バカにされているようにしか思えない」

小さい子供に対する言葉だと思うし、「予想外」などという一言は、珠貴が傍若無人《ぼうじゃくぶじん》で我儘だと考えられていたみたいだ。いや、実際に「生意気なクソガキかと思ったら」と、失礼極まりない言い方をされた。

「よくわかったな。バカなお子様だとばかり思っていた」

「……本当に失礼な人間だなっ。キレーな顔をしているからって、どんな発言でも許すと思うなよ」

「結構だ。俺は、この優れた見てくれを利用しようなどと考えたことは、一度もない」

ふん、と鼻で笑われる。そんなふうに考えた珠貴こそが、愚《おろ》かなヤツ……と、こちらを見下ろす目が語っている。

冷たい色を湛《たた》えた目は、恐ろしく端整な容貌だからこその迫力に満ちていて……負けるものかと、両手を握り締めた。

「優れた見てくれって、自覚してるの……嫌味だ」

「事実だからな。おまえも、俺の顔をぼーっと見てただろうが」

「……そうだけど」

その通りなので、言い返すことができなくなってしまった。

こんな人、いろんな意味で初めてだ。

白衣の胸ポケットに仕舞《しま》い込んであるからＩＤカード自体は見られないけれど、この男は間違いなく研究所に属する研究員だ。

珠貴の父親が、影響力のある巨額スポンサーだと知ったら、珠貴に対する態度を変えるかもしれない。

珠貴のような子供に向かって、あからさまに機嫌《きげん》を取ろうとする浅《あさ》はかな大人は、厭《あ》きるほど見てきた。

特に、父親や父親が経営する会社の系列企業の重要ポストに就いている兄が珠貴を溺愛《できあい》していると知っている人間は、露骨《ろこつ》に珠貴に取り入ろうとする。

この男は、珠貴のバックボーンを知ればどうするだろう。

手のひらを返すように、珠貴におべっかを使って研究費を融通《ゆうずう》してもらえないかと要求してくるか……機嫌を損ねて面倒なことにならないよう、よそよそしくなって距離を置こうとするか。

今までのパターンのどれに当てはまるか考えても、しっくりするものは思いつかない。

こんな大人、初めて逢った。

不可解《ふかかい》な思いで男をジッと見上げていると、鋭《するど》い目つきで出入り口に促された。

「とりあえず、ここから出ろ。警備室に通報されるのが嫌なら、自分の足でいるべきところに戻れ」

自動ドアが開き……男に続いて渋々《しぶしぶ》とドームの外に出たところで、通路の向こう側から自分の名前を呼ぶ声が聞こえてきた。

「珠貴さん！　無事に見つかってよかった。お捜ししていたんですよっ」

案内人の一人だ。見つかってしまった。

駆け寄ってくる施設の案内人をチラリと横目で見遣った男は、なにも言わずにふいっと背を向けて反対方向に歩き出す。

その肩越しに、赤茶色の毛に覆われた獣が顔を覗かせて珠貴を見ていた。

「あ……」

離れて行ってしまう。

名残《なご》り惜しさが込み上げて、こちらに向けられた白衣の背中に声をかけようとしたところで、名前を知らないことに気がついた。

男の名前も、ふかふかの毛に包まれた獣の名前も……珠貴は、両方とも知らない。

どんな言葉で呼び止めればいいのか迷っているあいだに、どんどん歩いて行ってしまう。

「珠貴さん。はぐれられたことに気づけず、申し訳ございませんでした。お父様が心配されています」

「……うん」

　息を切らして駆け寄ってきた案内人が、額《ひたい》に噴き出した汗をハンカチで拭《ぬぐ》いながら珠貴に話しかけてくる。

　男の背中から目を逸らして、うなずくと……ホッとした顔で、スーツのポケットから小型通信機器を取り出した。

「連絡を入れますね。……戸川です。珠貴さんを無事に発見しました。すぐにそちらに向かいます」

　父親に同行している案内人か、同じように珠貴を捜索《そうさく》していた人と会話をしているらしいが、珠貴の意識と視線は通路の奥……遠ざかった白衣の人物に、注がれていた。

　迷子だか不審人物だかを、捜索人に引き渡すことができたからもう興味はないのだと、あっさり向けられた背中が……一度も振り返ることのなかった態度が、語っている。

　あの男にとって、珠貴という存在は興味の対象にもならない、どうでもいいものなのだ。

「では、珠貴さんこちらに……」

　今度こそはぐれるなと、珠貴を見下ろす目が語っている。隠しているつもりだろうが、面倒かけやがってと忌々《いまいま》しく思っている内心が滲《にじ》み出ている。

　そういえばさっきの男は、口は悪かったけれど本音と建て前を使い分けていなかった。

　心の中で考えていることと、珠貴自身に向けた言葉に相違《そうい》がなく……だから、珠貴も遠慮なく言い返すことができた。

名前くらい、聞いておけばよかった。でも……そう言えば、あの男からも珠貴の名前は聞かれなかった。

「獣の名前も……なんだったのかな」

冷たい美貌《びぼう》の男と、白衣の胸元に抱かれた赤褐色の毛皮に包まれた獣。

どちらも強烈なインパクトで珠貴の目に焼き付いて、容易《ようい》に忘れられそうになかった。

《二》

うろうろ……歩いたり、立ち止まったり。端から端まで百メートルほどの通路を往復して、そろそろ一時間近くになる。

傍《はた》から見れば不審な行動だとは思うが、ここ以外のどこに行けばあの男に逢えるのか知らないのだ。

「研究所の人に聞いても、それだけじゃわかんないって言われたしなぁ」

珠貴が挙げた捜し人の特徴は、

『たぶん混血で、髪も瞳も金茶色をした長身の男性。目を惹く美形。年齢は二十代後半。胸に抱えられるサイズの獣をつれていた』

という、これだけだ。

心当たりはないかと尋ねた研究所の職員は、困った顔で「それに当てはまる人物は数え切れないくらいいますからねぇ」と答えた。

「あんな綺麗な人間が、数え切れないくらいいるとは思えないんだけど。おれに、絵心があればなぁ」

絵が上手なら、あの男のことも連れていた獣も、具体的に示せたかもしれない。でも珠貴は、犬や猫でさえまともに描けない。

所属研究員の顔写真一覧が載ったファイルはないのかと尋ねても、機密事項に関するものなので部外者は閲覧《えつらん》できないと言われてしまったのだ。

せめて獣の種類が特定できれば……と思っても、ホログラムによって写《うつ》りが違っていたり、個体によって微妙に毛色や柄《がら》が異《こと》なっていたりするせいで、似た特徴の獣が数種類というところまでは絞り込めたものの特定することができなかった。

「タヌキか、アライグマか、レッサーパンダのどれかだとは思うけど……」

絞り込めたと思っていても、自信がなくなってきた。

ここで男と獣に逢ってから、一週間。時間が経過すればするほど、記憶が曖昧《あいまい》になってきている。

「うう……お父様に、一度では研究所内を充分に見られなかったからまた行きたいと無理をお願いして、見学許可をもらったけど……無謀《むぼう》だったかなぁ」

でも、ここに来なければ手がかりを掴むことはできないのだ。

気がつけば、あの男と獣のことを考えている。眠れば夢に出てくる。そんなふうに珠貴の日常生活を侵食する男と獣に、もう一度逢いたかった。

逢って、名前を聞いて……。

「どうするんだろ？」

ふとそんな疑問が浮かび、足の動きを止めた。

あの男と獣にもう一度逢おうと、思いつくまま乗り込んできたけれど、逢えた『その後』を考えていなかった。

家族全員に過保護にされ、たいてい外出時には誰かを伴《ともな》う自分に、単身で飛び込む……これほどの行動力があったことにも、驚きだ。

どうしてここまでしているのか、考えても答えは出そうにない。

「足、疲れてきたな。喉渇《のどかわ》いたし……カフェでちょっと休もう」

混乱を追い出そうとゆるく頭を振った珠貴は、一休みすることに決めて研究所のマップを取り出した。

当てもなくうろついていた通路から離れて、研究施設内に数か所あるというカフェに向かうことにする。

「一番近くだと、そっちか」

運動場のドームが点在する区画からすぐ、無数《むすう》の人工島の中でも端のほうに位置する、小型の島にあるものだ。

見学者用のマップは立ち入り禁止区域が載せられていないので、実際の研究施設はもっとずっと広大な面積を有しているのだろう。

一人で見て回りたいと我儘を言って、案内人を断った珠貴に貸与《たいよ》された臨時発行のＩＤカードは、前回訪れた際より制限の厳しいものだ。

前回はゲートのロックが解除できたのに、今日は運動場に入ることができなかった。

「ここだ」

目指すカフェは、人工島を繋ぐ渡り廊下の半ばにあるので、すぐにわかった。

ライブラリーやメイン食堂、施設関係者の居住区域が並ぶ主要施設から離れているせいで利用者が少ないらしく、セルフスタイルのオーダーカウンターに並ぶ人影はないし、白いテーブルにも空席が目立つ。

出入り口から見る限り、三十席はあろうかというカフェ内には十人そこそこしかいない。

「ホットミルクと、チョコケーキ……ブラウニーでいいか」

カウンターのタブレットに表示された写真からオーダーし、クレジットカードを翳して決済《けっさい》する。

待つこと、二、三分。

トレイにセットされたホットミルクとブラウニーが、透明カプセルに入れられて空気圧式のチューブを通り、目の前に運ばれてきた。

カウンターの内部にコーヒーメーカーやジューサー、冷凍ケースが組み込まれており、それぞれの料理に適した加熱・解凍の情報が組み込まれた複合機が備えられている。タブレットに入力されたオーダーに従って、ドリンクを作ったり加熱を施されたり、適温に解凍されたりといった処理が短時間で完了するのだ。

調理師やウエイターを配置する必要がないので人件費がかからず、二十四時間いつでも安定した飲食物の提供が可能だ。

「最新のＡＩを組み込んだ型式かぁ。さすが、ってところだな」

便利なシステムだが、高価なこととまだ数が少ないこともあって、どこにでも設置されているわけではない。

駅中のカフェや街のレストランなどは、人間とロボットが半々で配置されているところがほとんどで、完全にオートメーション化している場所はごく一部のはずだ。

この研究所は潤沢《じゅんたく》な資金で運営されている国家施設である。プロトタイプや最新システムのテストも兼《か》ねているのだろう。

カプセルを開けてトレイを手に取った珠貴は、カウンターに背を向けてカフェ内に視線を巡らせた。

「どこか適当な席は……」

空席がないのも困りものだが、あんまり空きが多くても身の置き所に迷う。

他の客から適度な距離があり、出入り口に近すぎない位置で……と見回していたけれど、一つのテーブルで視線を止めた。

珠貴がいるところからは、白衣に包まれた背中と肩、後頭部しか見えない。でも……甘そうな蜂蜜色の髪には、見覚えがある。この一週間、何度も思い返し……夢の中でも目にしたものなのだ。

「ッ……」

早歩きで一直線にそのテーブルを目指すと、手にしたトレイが大きく揺れる。耐熱カップに蓋《ふた》がなければ、ホットミルクが派手に零れていただろう。

四人がけのゆったりとしたテーブルを一人で使っている男は、うつむいて手元のメモ用紙にペンを走らせている。

無言で珠貴がテーブルにトレイを置くと、不快そうに眉を顰めて顔を上げ……視線が絡んだ。

「あ？　おまえ……」

クッキリと深く刻まれていた眉間の縦皺が、珠貴を視認したと同時にふっと解かれる。

どうやら、忘れられてはいないようだ。

男の反応に少しだけホッとして、話しかけた。

「やっと見つけた！　捜したんだからなっ」

静かなカフェ内に、珠貴の声は予想外に大きく響く。

居合わせた人の視線が集まって来たことは気づいていたが、気にすることなく男に向かって話し続けた。

「このまま、見つかんないかと思った。あー、よかった！」

「捜した……？」

ポーカーフェイスを保っているが、男の声は戸惑いに揺れている。珠貴が目の前にいることが信じられないかのように、数回まばたきをしてどうにか現況《げんきょう》を捉えようとしているみたいだ。

「おれ、あんたに聞き忘れたことがあるんだ。それに、あの……あいつ、この前の獣は、今日は一緒じゃないいんだ？」

様子を窺った白衣の胸元は、ぺったんこだ。この前のように、あの獣が潜《ひそ》んでいる様子はない。

一方的にしゃべっていた珠貴が言葉を切ると、カフェ内に沈黙が戻ってきた。表情を変えないまま、男の目が左右に動く。

なにがある？　と、珠貴がキョロキョロ頭を動かすと、こちらを見ていたらしい数人の男女が顔を背けるのがわかった。

なんだろう。見られていた……か？

まぁいい。誰に見られても関係ない。今、珠貴にとって重要なのは、ようやく逢うことができた目の前にいる男だ。

「ねえ、聞いてる？　あの、もこもこした獣は？」

「っ……ちょっと、来い」

ピクッと眉を震わせた男が、勢いよくイスから立ち上がった。珠貴の右腕を掴み、テーブルから引き離そうとする。

「どこに？　おやつ、まだ食べてな……」

「持って来い！」

テーブルに置いたトレイを指差すと、少し苛立《いらだ》ちを含んだ声でそう言われる。その瞬間ザワリとカフェ内の空気が動き、またしても注目を集めていることに気づいた。

グイッと右腕を引っ張られ、反射的にトレイを左手で持ち上げて歩き出す。前を歩く男は、珠貴を一度も振り返ろうとしない。

白衣に包まれた広い背中は、なんとなく機嫌が悪そうだ。どこに行くのかもう一度聞いても、きっと教えてくれない。

右腕を男に引かれ、左手にはカフェのトレイを持ち……きっと奇妙《きみょう》な光景だと思うが、カフェ内の人たちは誰一人として話しかけてこない。チラチラ、さり気なく視線を送ってくるだけだ。

その視線を完全に無視した男は、小柄な珠貴とのストライドの差を無視して大股で歩き続けるので、一生懸命《いっしょうけんめい》に追いかけた。

□□□

無言のまま歩き続けた男は、珠貴を伴ったまま白いドアが並ぶ棟に入り、突き当りの一室の前で足を止めた。

カードリーダーに自分のＩＤカードを翳してロックを解除すると、当然のように室内へ足を踏み入れる。

掴まれていた右腕がようやく解放されて、ホッと息を吐いた。

「っ……はぁ……」

男は普通に歩いていたつもりかもしれないが、珠貴は小走りだったのだ。息が上がっている。

足の長さの違いを突きつけられたようで腹立たしいが、今は文句《もんく》をぶつけるよりも疑問の解消が先だ。

「ここ、なに？」

見回した室内で一番に目についたのは、天井までの高さのある壁一面の書棚《しょだな》。窓際のデスクに、デスクトップとラップトップのパソコンが一台ずつ……サイドテーブルには、印刷複合機らしきもの。

あとは、書棚とは逆の壁際に大きなソファが一つ置かれている。クッションとブランケットがあるので、仮眠《かみん》に使っているのかもしれない。

時々訪ねる、父親の仕事部屋のような雰囲気だ。

たった今珠貴たちが入ってきた廊下側のドアとは別に、書棚の奥に隠れるようにしてもう一つドアが見えるので、別室があるのだろう。

「俺の研究室だ。……本当に持ってきたのか」

振り向いた男の視線は、珠貴が左手に持ったままのトレイに注がれている。呆れたようにそう言われたが、

「あんたが持って来いって言ったんだ」

珠貴にしてみれば、バカにされる筋合《すじあ》いはない。

言い返した珠貴に、男は「はぁ……ガキが」と、これ見よがしなため息をついた。

珠貴の手からトレイを取り上げると、書棚の前にある木製の丸テーブルに目を留めた。

積み上がっている数冊の分厚い本を、大胆かつ乱雑《らんざつ》に床に払い落として、強引に作られたスペースへトレイを置く。

「大事に持ってきた、おやつだ。食えば？」

ニコリともせずに、腕を組んでトレイを見下ろすその態度は……バカにされている気がしなくもない。が、おやつに罪はない。

大股で歩を進めた珠貴は、丸テーブルと対《つい》になっている小さな木製のイスに腰を下ろしてプラスチックのフォークを手に取った。ブラウニーを半分に割ると、大胆に突き刺して齧《かじ》りつく。

家だと、確実にマナーがなっていないと怒られる食べ方だが、男は無言だ。

黙々《もくもく》とブラウニーを口に運び、喉に詰まりそうになった塊《かたまり》をホットミルクで流し込む珠貴を見ている……のかどうかも、わからない。

「ご馳走さまでした！」

半ば意地になって、猛スピードでトレイに載っていたものを胃に収めて手を合わせた珠貴は、腰かけていた固いイスから立ち上がった。

挑《いど》む心意気で見上げた男は、ジロリと珠貴を見下ろして……ほんの少し眉根を寄せる。

「チョコがついてるぞ、ガキ」

「え？　あ……」

男の視線の先、唇の端を指で拭って改めて視線を絡ませる。

記憶に残る姿、そのままだ。

出逢いから一週間しか経っていないのだから、当然かもしれないけれど……思い描いたり夢に見たりするあいだに、美化《びか》している可能性もあった。

でも、こうして間近で目にすると、美化しているどころか本物のほうが遥《はる》かに綺麗だな……と心臓がドキドキする。

「なんなんだ、おまえは。また迷子か？　あんなところで、馴れ馴れしく俺に話しかけるな。目立つと面倒だ」

あからさまに迷惑だと、声にも態度にも滲み出ている。

ここまで露骨に厄介者《やっかいもの》扱いされたことのない珠貴は、グッと拳を握って言い返した。

「迷子じゃない！　あんたを捜してたんだって」

「その理由は？　だいたい、ガキが単身で……どうやって入り込んだ？　この施設は、簡単に部外者が入れるほどセキュリティが甘くないだろう」

「どうやって……って、今日は高速艇《こうそくてい》で。乗り慣れないから、ちょっと酔《よ》った」

父親と一緒だった前回は、自家用ヘリコプターを使って研究施設のある人工島に降りたが、今日は珠貴だけなので水上を航行する高速艇を利用したのだ。予想より振動や揺れが激しく、船を降りてもしばらくクラクラしていた。

「そっちじゃない、ボケ。移動手段じゃなく、ここに足を踏み入れた方法と目的だ」

「ボケって、口が悪い。えーと……父の遣い……で」

一番の目的は、この男に再会することだった。でも、対外的な尤《もっと》もらしい理由として、父親から書類を預かってきたのも嘘ではない。

もごもごと答えた珠貴に、男は「関係者の息子か」と嘆息《たんそく》した。研究者か、職員の息子だと思われたようだが……それでいいか。

「あんたの名前、教えてよっ。おれ、夏川珠貴！」

「……タヌキ？」

「た、ま、き！　わざとだろ」

タヌキと口にした男は、瞬間的に意地の悪い目つきになった。クールなようでいて、子供みたいな意地悪を口にする。

珠貴がわざとだろうと指摘すると、ほんの少し唇の端を吊り上げる。

微《かす》かな表情の変化なのに、自分の言葉に反応してくれたのかと思えば、トクトクと心臓の鼓動が増した。

「悪かった。……タマか」

大して悪いと思っていない、と。隠そうともせずに適当な一言を口にすると、今度は妙に略《りゃく》した呼び方をされる。

兄たちにも「珠ちゃん」と愛称《あいしょう》で呼ばれることはあるけれど、この男の場合は愛称という雰囲気ではない。

どうでもよさそうな呼びかけは、まるで動物に対するモノのようだ。

「猫みたいに言うな」

「文句の多いヤツだな。タヌキのほうがよかったのか？」

「……タマでいい」

納得しかねるが、タヌキ呼びをされるよりはマシだ。それに、こんなふうに言い合っていると、当初の目的からどんどん離れて行ってしまう。

「あんたは？　名前……教えてよ」

深呼吸で気分を落ち着けた珠貴は、男を見上げて質問を投げた。

少し意外そうに目を瞠《みは》った男は、「タヌキ」だとか「タマ」とからかう振りをして、「名前を教えて」と迫った珠貴の気を逸らし、はぐらかそうとしていたのかもしれない。

誤魔化《ごまか》されてやらないからな、と目に決意を込めて視線を絡ませたままでいると、諦めたように息をついた。

あからさまに面倒そうなのろのろとした動きで、白衣の胸ポケットに突っ込んでいたIDカードのストラップを引き出す。

「…………」

不本意だと隠そうともしない態度で、無言で珠貴に突きつけてくる。名乗る気はないから、勝手に見ろ……ということか。

遠慮なくカードを掴んだ珠貴は、グッと自分の目の高さまで引っ張り下ろした。

「おい」
首にかけたストラップを引かれた男は低い声で珠貴を咎めてくるが、勝手にしろという
そちらの態度に従ったままでだ。
「笠原《かさはら》……武聡《たけさと》」
純日本風の名前だ。
色んな国籍が入り混じっているだろう外見なので、英語表記だけかもと思っていたけれ
ど……。
「なんだ。文句があるか？」
珠貴のつぶやきの意味をどう捉えたのか、笠原はＩＤカードを胸ポケットに仕舞い込み
ながらジロリと睨みつけてきた。
「ううん。発音できない横文字の名前だったらどうしようかと思ってたけど、呼びやすそ
うでよかった。武聡くん」
睨まれても怖くないからな、と笑いかける。ピクッと笠原の頬が引き攣《つ》り、ますます目
つきが鋭くなった。
「図々《ずうずう》しいガキだな。笠原様と呼べ」
「ガキじゃないって。おれ、もう十九になったし……武聡くんよりは、九つ下だけど」
さきほど目にしたＩＤカードに記されていた笠原の生年月日から計算すると、笠原は

二十八歳だ。二番目の兄と同じ年だが、笠原のほうが大人に見える。一番上の兄と同じくらいか……もっと上でも、おかしくない。

「充分ガキだろ。俺が睨みつけても、ビビらないし……変なヤツだな」

眉間の皺を解いた笠原が、ポンと珠貴の頭に手を置いた。動こうとしない珠貴の頭を、ポン……ポンと数回撫でて、ククッと肩を震わせる。

「この前も思ったが、おまえの髪はアイツの毛に似てるな。部分によって……だが、ココアブラウンの毛といい、手触りといい……」

「アイツ、ってあの獣？　あれ、なに？　調べても、よくわかんなかった」

赤褐色の毛皮を持つ『アイツ』は、この前逢った時に笠原が白衣の胸元に抱えていた獣に違いない。

チャンスとばかりに身を乗り出して尋ねると、セピア色の瞳がジッと見下ろしてくる。

しばらく、そうして珠貴を見詰めていた笠原が、くるりと背を向けた。部屋の奥……もう一つのドアに向かって歩きながら、チラリと珠貴を振り返る。

「なに突っ立ってる。知りたいんだろう？」

「う、うん！」

ついて来いとは言われなかったが、どうやら珠貴を別室に誘導していたらしい。恐ろしくわかりづらい人間だ。

　文句を呑み込んで笠原の後を追いかけると、消毒薬のノズルを向けられた。

「手を出せ。服や靴は、所内に入る時に消毒してあるな？」

「ん……」

　手も消毒済みだ……と言い返そうとしたけれど、さっきプラスチックフォークを手にしてブラウニーを食べたり、ホットミルクを飲むためにカップを持ったりしたのだ。

　珠貴の手にまんべんなく消毒薬をスプレーした笠原は、自分の手にも消毒薬を塗布《とふ》してドアを開けた。

　一歩足を踏み入れた直後、カラカラとなにかがタイルの上を転がる音が聞こえる。

「チッ、うっかり蹴っちまった。……入っていいぞ」

　足でなにかを押しのけた笠原が、振り向いて入室するよう促す。恐る恐る笠原に続いて奥の部屋に入ると……書斎の雰囲気だったこれまでとはガラリと違う、実験室としか呼びようのない空間が広がっていた。

　床や壁はタイルで、奥には大型のシンクがある。シンクの脇には培養器《ばいようき》らしい機器と紫の光を照射《しょうしゃ》されたシャーレが並ぶガラスケース、壁際には銀色の大きな冷蔵庫らしきもの。窓は……一つもない。

　入ってすぐ笠原が蹴ったのは、発泡《はっぽう》スチロールの箱となにかの空き缶のようだ。大小入り混じったものが、雑多《ざった》に壁際に押しやられている。

「普段は、ここにいないんだが……今日はたまたま、採血《さいけつ》と投薬後の経過観察のために飼育舎から連れ出している」

笠原が指差したところには、小型のケージが置かれていた。深緑色の笹がクッションのように敷き詰められていて、その上に赤褐色の毛玉……いや、毛皮に覆われた獣が丸くなっていた。

「あ……」

あの獣だ。

赤褐色と濃いブラウンや白の混じった体毛も、丸い耳も、ふさふさした縞模様の大きな尻尾も……先日目にした姿、そのままだった。

「Ailurus fulgens。レッサーパンダ……レッドパンダとも呼ばれるヤツだ。よく知らない人間にはタヌキに間違えられるが、食肉目《しょくにくもく》レッサーパンダ科だから、間違えられるのは心外《しんがい》だろうな」

「レッサーパンダ……」

珠貴がつぶやくと、自分のことだとわかったかのように顔を上げて目を合わせてくる。

こちらを見上げる円《つぶ》らな瞳が、とてつもなく可愛い。

歩み寄ろうとした珠貴の足に、床を這っていた複数のコードが引っかかって、動きを妨げられる。

「っと、わっ……あ……ごめんなさい」

足を振ってコードから逃れると、その脇に積まれていた書類タワーが崩壊《ほうかい》した。バサバサとタイルの床に散らばった白い紙を、しゃがみ込んで掻き集める。

発泡スチロールの箱ならともかく、なんで床に書類を積んであるんだ？

心の中で零した珠貴の疑問が聞こえたかのように、笠原が口を開いた。

「いつの間にか、ゴミが溜まったな。助手がいないもんだから、掃除にまで手が回らん。……どこかの助手か学生バイトに、バイト代を払って掃除だけやらせるか」

助手がいない？　研究者とは、そういうものなのだろうか。それとも、普通は助手がいるのに今だけ……か、例外的に笠原にはいないのか？

忌々しそうに雑然《ざつぜん》とした床を見回している笠原を見ていた珠貴の頭に、ポンと名案《めいあん》が浮かんだ。

そうだ、助手だ！

助手として笠原の近くにいれば、どうしてこんなにもう一度逢いたいと思っていたのかわかるかもしれないし……チラリと見かけたユキヒョウと接することのできる機会もあるかもしれない。

「あのさっ、おれ！　助手しようか？」

勢いよく挙手して立候補した珠貴を、笠原は胡散臭《うさんくさ》そうな目で睨みつけてくる。

「おまえ？　……俺の助手が務まるようには見えねーな。足手纏《あしでまと》い。邪魔なだけだ」

「そんなの、やってみなきゃわかんないだろ」

考える間もなく、足手纏いだとか邪魔だと言い捨てられて、ムッとして言い返した。

もう少し……十秒くらいは考えてくれてもいいじゃないかと、恨みがましい気分になる。

「じゃあ、化学元素周期表を全部言えるか？　元素記号だけでなく、ラテン語読みも添えろ。あと、デオキシリボ核酸《かくさん》の構成物質と二重らせん構造について簡潔に述べよ」

「っ……そ、れは今ここでは無理かな……って思うけど、掃除とか雑用くらいならたぶんできるし！」

笠原がなにを言っているのか、三分の一もわからなかった……。

でも、この雑然と物が散らばった部屋の片づけくらいならできる……と思う。

珠貴の迷いが滲み出た一言を、笠原は聞き逃してくれなかった。

「たぶん、ってなんだ。頼りねーなぁ。だいたい、身元もハッキリしない人間を研究室に入れられるか」

「今、入ってるけど」

「……おまえが人目《ひとめ》を無視してあんなところで騒ぐから、仕方なくだ。俺の名前とかコイツの正体が知りたいって目的が果たせたなら、出て行け」

しまった。揚《あ》げ足取りの反論が、藪《やぶ》をつついて蛇《へび》を出す結果になってしまった。

実験室から書斎のほうに追いやられてしまい、慌てて笠原に向き直る。

「待ってよ。おれの身元とか知って……害がないことがちゃんとわかったら、助手にしてくれる？」

尋ねた珠貴に、笠原は「バカか」と容赦なく言い返してくる。

「知識の欠片《かけら》もなさそうなおまえが、助手にしてくれっていうのは図々しいだろ。せいぜい、雑用係だな。まぁ、所長の推薦状《すいせんじょう》を持ってくるくらいの身元保証ができるなら、考えてやらないこともない」

「……わかった。所長の推薦状があればいいんだな。その言葉、忘れないでよ！」

大きくうなずいた珠貴は、心の中で「所長の推薦状」と、これから自分が入手するべきアイテムを復唱する。

「なんで、そんなに自信満々なんだ？」

呆れたような顔で曖昧にうなずいた笠原は、珠貴が所長の推薦状を得ることなど不可能だと決めてかかっている。

研究員の助手や重要なポストにつくだけの能力がないことは、珠貴自身が一番わかっている。

きっと父親が寄付金を積んでも無理だし、仮に助手という肩書きを手に入れられても、

ないと思う。

でも、単なる雑用のアルバイトという名目なら、所長の推薦状を得ることは不可能では

手助けどころか邪魔になるだけだということも明白だ。

父親の権限に頼って思い通りに物事を進めようとする自分が、傲慢で……反則技を使う卑怯者《ひきょうもの》だということは、百も承知だ。

国家事業にまで関わる、大企業の経営者の子息という生まれ育ちに受けた恩恵《おんけい》は数え切れず、自分が恵まれているという自覚もある。

中高生の頃は、珠貴のためにと父親が宿泊学習に使用する施設の改装費を寄付したり、語学研修で海外に行く際に航空機を丸ごと寄贈したり……同級生に「さすが御曹司《おんぞうし》」と嫌み交じりに笑われることもあり、特別扱いしないでほしいと反発したこともあった。

けれど、珠貴がどんなに頑張って自力《じりき》で物事を成《な》し遂《と》げても、周囲は『夏川の御曹司だから』というフィルター越しにしか、珠貴を見てくれなかった。

それならばと開き直り、夏川の家と縁を切ることはできないのだから、ありがたく利用して……この家に生を受けたからできることはなにか、足掻《あが》き探していた。

今の珠貴は、笠原の傍にいられる立場を手に入れたいという利己的《りこてき》な理由だとわかり切っていながら、『夏川』を利用しようとしている。

そんな自身に対する嫌悪感《けんおかん》よりも、笠原に近づきたい……もっとこの男のことを知りた

いという欲求が、勝っていた。

こんなに必死になるのは、何故《なぜ》か？

どうにかして笠原の傍に居座《いすわ》ろうと一生懸命な今の珠貴は、考えようとしなかったし

……考えても、ここで答えは出なかっただろうけど。

《三》

笠原の研究室を再訪したのは、『所長の推薦状を手に入れる』と宣言してから、三日後だった。

訪ねた珠貴が差し出した白い封筒を、笠原は怪訝そうに受け取り……指で封を千切った。

「ふ……ん。本当に所長の推薦状を持ってくるとはな。どんな手を使った？」

三つ折りで収まっていた書類を引き出して広げ、無言で目を通した笠原は、チラリと珠貴を見下ろして尋ねてくる。

父親のコネを利用して、などと本当のことを答える気はない。

「……秘密。魔法を使ったと思ってくれてもいい」

咄嗟《とっさ》に思いついた『魔法』という単語を口にすると、「はっ」と鼻で笑われてしまった。

「魔法……ね。そこまでして、俺にこき使われたいのか。物好きな」

追及は無駄《むだ》だと思ったのか、聞き出すのが面倒になっただけか、笠原は手に持っていた書類を封筒に戻して無造作《むぞうさ》に白衣のポケットに突っ込む。

珠貴に背を向けて、続きになっている実験室のドアを開け……振り返った。

「なにボケッと突っ立っている？　とりあえず掃除だ、雑用係」

「ざ、雑用係って呼び方はやめてほしいな。きちんと名前で呼んでよ」

「……お望み通りこき使ってやるから、働けよ。タマ」

　きちんと名前を呼んでくれた……とは言い難いが、「雑用係」に比べればずっといいし、「タヌキ」ではなくてよかったと思おう。

　キュッと唇を引き結び、笠原に追いつこうと足を運ぶ。

　これは、笠原の『雑用係』として採用されたということだろう。

　緊張を隠し、強気に笠原と対峙していたけれど……紹介状を突き返されて、追い出されるかもしれないと頭の隅で考えていた。

　その不安が払拭《ふっしょく》され、今更ながら膝が震えそうになっている。

「床に積んである物は、基本的にゴミだから処分してもいい。書類はシュレッダーで、発泡スチロールは不燃物だから既定の廃棄物集積場に運んでくれ。机の上のものと、培養器周辺は触るな。特に、それ……培養中のレッサーパンダのDNA抽出物《ちゅうしゅつぶつ》だ。うっかり指先にに怪我があったり肌荒れで皮膚《ひふ》が薄くなっていて、そこから細胞に侵食したら……コンタミ《混合汚染》によって、半獣化する」

　床やシンク周りの機器を指差しながら、淡々と語られる笠原の言葉をうなずきながら聞いていた珠貴だが、

「えっっ」

聞き流せない一言に、上擦《うわず》った声が漏れる。

今、なんて言った？

「……かもしれない」

半獣化という物騒《ぶっそう》な言葉に珠貴が頬を引き攣らせていると、笠原はシレッとした調子でつけ加えた。

そろりと見上げた端整な顔に、笑みはない。真顔《まがお》だが……からかわれたとしか思えない。

「からかっただろ」

「さぁな。嘘だと思うなら、実験体になってみるか？　ヒト科とレッサーパンダの異種間混合が可能かどうか……実に興味深い。どこがどう変化するんだろうな。耳が毛に覆われるか、爪が伸びるか、尻尾が生えるか……まぁ、全身が丸ごとレッサーパンダに変わるのは、残念ながら不可能か」

珠貴を見下ろす目は、笑っていない。冗談かもしれないけれど、ジリッと足を引いてしまった。

珠貴の反応は、予想していたものだったのだろう。笠原は、満足そうに意地の悪い微笑を浮かべて、

「冗談だ。ビビッて逃げ出すか？」

と、珠貴と視線を絡ませる。

ここで、珠貴がわずかでも怯んだ様子を見せれば、笠原の思惑《おもわく》通りになってしまう。それが悔しくて、グッと両手を握り締めた。

「ビビるもんか。掃除、すればいいいんだろ」

「その前に」

足を踏み出した珠貴の襟首《えりくび》を、笠原が無造作に掴んで動きを制する。なに？　と首を捻《ひね》って見上げると、消毒薬の入ったスプレーボトルを指差された。

「念入りに除菌しろ。あと、掃除要員なんだから明日はもっと動きやすい服装で来い。白いシャツにベルト付きのスラックスなんて、昨今《さっこん》の若者にしてはお行儀がいいな。どこのお坊ちゃんだ」

「……次から、スポーツウエアを着て来る」

お坊ちゃんと呼ばれる身であることは確かだし、この服装が掃除に不向きだということは珠貴でもわかる。

反論不可能な言葉に、渋々とうなずいて……ふと気がついた。

「明日からも、来ていいんだ」

今日だけではなく、この先も珠貴がここに来ることを認める台詞だろう。

再確認しようとした珠貴に笠原の返事はなかったが、否定されなかった。それで、答えとしては充分だ。

掃除を始めとした雑務は、自宅ならそれぞれ専門の担当者が行うことで、これまで珠貴はモップを手にしたこともない。

でも、笠原の傍にいることができるのなら……どんなものにでも挑戦しようと、気合いを入れて雑然とした床を見下ろした。

□□□

掃除は、当初考えていたよりもずっと厄介な作業だった。

現在、珠貴が秘書見習いをしている長兄には長期休暇を願い出て、研究所の寮に住み込ませてもらっている。そうして、笠原の研究室に通うようになって五日が過ぎても、一向に片づいたように見えない。

物が溢れていることも原因だとは思うが……他にも理由はあって。

「うわっ、ッ……あーあ……」

バサバサと派手な音と共に、書類のタワーが崩壊する。そして、ガチャン……と一際《ひときわ》耳に障《さわ》る音を最後に、静かになった。

なす術もなく一部始終を眺めていた珠貴は、タイル張りの床に広がる紙を見下ろして、大きなため息をついた。

「またやっちゃった」

片づけるつもりが更に乱れさせてしまったのは、これが初めてではない。

効率《こうりつ》よく動けない珠貴も悪いが、地層状態になった書類や実験器具の空き箱の置き方が酷《ひど》いのだ。

「小さい箱の上に、それより大きいものを積み上げるのは、やめてほしいなぁ。絶妙なバランスでタワーができているから、少し触っただけで崩れるんだ」

しかも今回は、紙を撒き散らかしただけでない。

箱の脇に置いてあった使用済みの消毒用エタノールの空き瓶《びん》を巻き込んでしまったらしく、ガラスの割れた音まで聞こえてきた。

隣室にいる笠原の耳にも先ほどの音は届いたらしく、少しだけ開いていたドアが全開になる。

「おい。今の音はなんだ？」

「なんでもないっ。武聡くんは、気にしなくていい！」

慌ててしゃがみ込み、あちこち散らばっている書類を掻き集めて場を取《と》り繕《つくろ》おうとして……右手に走った鋭い痛みに、顔を顰《しか》めた。

「い……った？」

なにかと思えば、右手小指のつけ根あたりから手のひらにかけて、四、五センチくらいの赤い線が走っている。

じわじわ……血が滲み出て手首にまで伝う様を、呆然と見下ろした。

それほど痛いわけではない。

ただ、血が出るような怪我をするなど滅多にないせいか、自分の身体から流れる鮮《あざ》やかな赤色が不思議で……目を離せない。

硬直している珠貴を、不審に思ったのだろう。

「タマ？　おい、怪我したのか？」

大股で近づいてきた笠原が、すぐ脇にしゃがみ込んで珠貴の右手を強く握った。出血を確認すると、眉間に深い縦皺を刻む。

「なにが原因だ。……エタノールの空き瓶か」

散らばっている紙の下から、傷の原因となった瓶の破片《はへん》を探して指先で拾い上げる。

身体に害のある物ではないと確認ができたからか、珠貴の手を掴んでいた手から少しだけ力が抜けた。

口が悪くて、「使えねぇ」とか「掃除もろくにできないのか」と暴言《ぼうげん》を吐くけれど、根は優しい人なんだよな……と、のん気なことを考える。

流れる血よりも、珠貴を心配する笠原のほうにインパクトがあったおかげで、パニックにならないで済んでいるに違いない。

「医務室に行って、テープを貼ってもらえ。基本的に動物対象だが、人間用の薬も置いてある。医務室の主はいけ好かない男だが、部下は非の打ち所のない人物だし腕は確かだ。

……この棟を出て、左側の連絡通路を渡って……エリアナンバー、C－555って書かれたゲートから入れ。通路の行き止まりの部屋だ。おまえが辿り着く前に、俺から連絡しておく。俺のカードなら途中のゲートロックを解除できるから、持って行け」

自分の首から下げていたＩＤカードを外した笠原が、珠貴の首にそれをかける。白衣のポケットから出した布で珠貴の右手を包み、

「血は汚染物質だ。垂れ流して汚すなよ」

と、座り込んでいた床から引っ張り上げられた。

言葉のチョイスは問題有りだが、巻きつけられた布には止血《しけつ》の意図もあるに違いない。

この五日ほど長時間接していることで、そう思惑を推測できる程度には笠原という人のことをわかっているつもりだ。

「おい、ボケッとしてんな。医務室に行くのに、保護者がいるとか言わないよな？」

「一人で行けるよっ」

からかう響きの言葉と共に顔を覗き込まれ、間近に迫ったセピア色の目から慌てて顔を背けた。

不用意に近づかないでほしい。綺麗な顔は見慣れたと思っていたのに、必要以上に接近されると心臓がドキドキしてしまう。

「おれが、ますます散らかしたここの片づけは……」

「もともと散らかってるんだから、今更だろ。早く行け。出血多量で死ぬぞ」

「……死なない！　子供騙しな脅《おど》し文句！」

廊下に向かって背中を押された珠貴は、笠原を振り仰いで舌を突き出す。

いくら珠貴が世間知らずでも、これが命に関わるほどの出血ではないことくらいは、わかっている。

確かに、流れるほどの血は、ちょっと……怖いけど。

「実際にガキだろ」

笠原は、「いいから行け」と珠貴が着ているTシャツの背中を手で押した。

薄い布越しに笠原の手の体温が伝わってきて、トクンと心臓が大きく脈打つ。

「……で、どこのエリアだっけ？」

ゴチャゴチャ話しているうちに、どこに行けば医務室に辿り着けるのかわからなくなってしまった。

身体を捻って笠原に尋ねると、彼は頬を引き攣らせて珠貴を見下ろした。

「この……バカが」

低い声で吐き捨てられた一言にムッとしたけれど、今の珠貴に「バカじゃない」と反論することはできなかった。


なんの変哲《へんてつ》もない白い扉の前で足を止めた珠貴は、本当にここで合っているのか？　と首を捻る。

「ここ……だよな。わかりやすい表示を出しておいてほしいなぁ」

マップに記されたメディカルセンターとは別の場所にあるせいで、笠原に言われるまま訪ねたここが本当に医務室なのかどうか自信がない。

ノックをするべきかどうか迷っていると、なんの前触れもなく内側から扉が開かれた。

「っ！」

驚いて飛び退いた珠貴を、白衣を着た青年が目を丸くして見ている。

薄茶色の髪に細身の体躯《たいく》、全体的に優しそうな空気を漂わせている。

「ごめん。そんなにビックリした？　えーと……タマくんだよね。笠原研究員から、うちのタマが行くって連絡があって……遅いから、迷っているのかと心配になって捜しに行こうとしたところなんだ」

ふわりと笑いかけられて、緊張が一気に抜けた。

珠貴と、それほど年が離れているようには見えない。三番目の兄より年下だと思うけれど、雰囲気が落ち着いているので外見より年上なのかもしれない。

「あの……医務室？」

少し高い位置にある彼の顔を見上げて扉を指差して尋ねると、クスリと笑われる。

ただ、笠原のように珠貴をバカにした笑い方ではないので、つられて「えへへ」と笑い返す。

「そうです。とりあえず、入って。割れたガラス瓶で、手を切ったって？　診《み》せてもらえるかな」

「はい……」

若いけれど、自室のように医務室に促すということは……彼が医師なのだろうか。ここが、世界各国から優秀な頭脳の人間が集まっている、世間一般とは異なった独特の場所だと知ってはいても、戸惑う。

優しげな普通の青年にしか見えないこの人も、突出した優秀な頭脳の持ち主の一人……か？

「そこに座って、手……見せて」

「……ん」

示された丸イスに腰かけて、正面のイスに座った青年に右手を差し出した。ゆっくりと布を剥いだ彼は、真剣な目で傷を検分《けんぶん》する。

「ちょっと、血を流すね。痛かったらごめん」

銀色のトレイを手の下に置くと、精製水と書かれたボトルから水を押し出して、乾きかけた血を流される。

少しだけ浸みたけれど、唇を噛んで「痛い」という言葉を呑み込んだ。

「よかった。綺麗に切れてるから、すぐに治るよ。細菌感染を防ぐジェルだけ塗って、このスキンテープを貼っていたら明日には傷が塞がるよ。傷跡も残らない。もし痛みがひどくなるとか、熱が出たりしたら……いつでも来てください」

ゆっくりとした口調で話しながら、手際よく傷に手当てを施していく。

右手を青年に預けた珠貴は、目の前の、白衣の胸元で揺れるＩＤカードをジッと見詰めた。

「秋庭《あきば》、千翔《ちか》……センセ？　若いね。二十二歳でお医者さん？」

カードに記された生年月日は、予想よりずっと自分に近いもので……驚いた。

珠貴は無遠慮な言葉を投げかけたのに、秋庭は気に障った様子もなく、温和《おんわ》に返してくる。

「不安になった？　専門は幻獣《げんじゅう》と呼ばれている復活絶滅種を中心とした獣医だけど、ちゃんと人間用の医療資格も持っているから大丈夫だよ」

「不安じゃなくて、おれと三つしか変わらないのに……すごいなって思っただけ。頭いいんだよね？　秋庭センセだったら、武聡くんにもバカとかって言われないんだろうなぁ」

最後の一言は独り言のつもりだったけれど、珠貴の傷に肌色のテープを貼りつけた秋庭の手の動きが止まった。

「武聡くんって、笠原研究員……だよね？」

「ずいぶん親しげだなぁ。あの捻くれた男を、そんなふうに呼ぶ人間は初めて見たぞ。それも、こんなカワイらしい少年……」

突然会話に参加してきた男の声に驚いた珠貴は、ビクッと肩を震わせて顔を上げた。

部屋の奥から姿を現したのは、白衣姿の大柄な男だ。笠原よりも年かさだと思われる、どっしりと落ち着いた空気を漂わせている。

「蒼甫《そうすけ》。急に話しかけるから、タマくんがビックリしてるだろ。カスピトラの手当ては終わった？」

「ああ。鎮痛薬が効いて、高鼾《たかいびき》でオヤスミだ。それが、笠原のところの助手か。あの人間嫌いがとうとう助手を入れたって、食堂で噂になってたぞ。しかも、目撃した数少ない人間の証言では、カワイらしい少年……って本当だったんだな。意外だ。あいつ、こういうのが好みなのか？」

「蒼甫！　それ以上、余計なことを口走ったら……どうしようかな」

目を眇めた秋庭が、意味深に語尾を濁す。蒼甫と呼ばれた男は、芝居《しばい》がかった仕草《しぐさ》で両手を上げて降参《こうさん》のポーズを取った。

「悪かった。少年……タマって言ったか？　あの捻くれ者につき合うの、大変だろ。愚痴《ぐち》を言いたくなったら、いつでも来い。可愛いから特別だ。千翔と、歳も近いし……友達として茶を飲みに来るだけでもいいぞ」

笠原とは方向性がまったく違うけれど、端整な容貌の男前だ。ただ、あからさまに子供扱いされているのが、ひしひしと伝わってくる。

実際に、珠貴はこの人よりずっと年下なのは確実で、子供扱いされても仕方ないとは思うが……。

秋庭の隣に立って、背を屈《かが》め……珠貴の顔を覗き込むようにしてニヤニヤ笑いながら話しかけてきた蒼甫に、ギュッと眉を顰めて言い返した。

「……なんか、面白がられてるみたいで腹が立つから、愚痴は言わない。でも、秋庭センセとお茶を飲むのは楽しそうかも」

蒼甫はともかく、秋庭のふんわり優しい空気は好きだ。これまで珠貴の近くにいた、誰とも違う。

それはきっと、この人からは打算《ださん》や下心《したごころ》を一切感じないせいだろう。

珠貴のバックボーンを知らないからだとしても、短い時間こうして接しているだけで心地よくてホッとする。

「はは、素直なイイ子だな、タマちゃん。じゃあ、千翔と友達になってやってくれ」

「ちょっと蒼甫。なに、勝手に決めてるんだよ」

不機嫌そうに蒼甫に向かって言い返した秋庭を、珠貴はジッと見据えて口を開いた。

「秋庭センセは、おれと友達になるのは嫌？　おれは、一緒にお茶が飲めたら嬉しいなぁ……って思うけど」

「嫌じゃないよっ。タマくんのことが嫌なんじゃなくて……うん。いつでもお茶を飲みに来て。あと、おれのことは先生なんて呼ばずに千翔でいいよ」

珠貴がしょんぼりとしたせいか、秋庭は慌てたように「嫌」を否定した。茶飲み友達になってくれるという言葉に、パッと顔を輝かせる。

「うん。千翔さん……千翔ちゃん、千翔くん？」

「呼び捨てでいい」

小さく笑って答えた千翔に、珠貴はこくこくとうなずいて「おれも、くんづけしなくていいよ」と返す。

千翔と珠貴のやり取りを傍観《ぼうかん》していた蒼甫が、

「じゃあ、俺は蒼甫くんって呼んでいいぞ」

そんなふうに割って入ってきたけれど、珠貴は唇を尖《とが》らせて「やだ」と短く言い返して、そっぽを向いた。

この人が嫌いなわけではないが、千翔が少し面倒そうに対応しているので珠貴もなんとなく反感を抱いてしまう。

可愛げのない態度を取った珠貴に、蒼甫は苦笑して腕を組む。

「本っ当にカワイイな、タマ。しかし……いいネタができた。次に、笠原と顔を合わせるのが楽しみだなぁ。あいつのところのレッサーパンダの定期検診、いつだったっけ」

「蒼甫……そんなふうに弄《いじ》ろうとするから、笠原研究員に嫌われるんだよ」

「だってあいつ、キレーな顔でツンツンしてて……周り全部が、敵ですって態度でさぁ。かつての誰かサンと被るから、なんか放っておけないんだよな」

天井付近に視線を泳がせながらそう口にした蒼甫を見ていた珠貴は、腰かけていた丸イスから勢いよく立ち上がった。

向かい合った蒼甫は座っている時に予測していたよりも長身で、珠貴の頭は胸元までしかない。

その白衣の胸元を掴み、懸命に背伸びをする。

「武聡くんは確かにキレーだけど、変なこと考えないでよっ？」

一瞬、珠貴がなにを言っているのかわからない……というポカンとした顔をした蒼甫は、じわじわと頬を緩ませて、

「あはははは っ」

手放しで爆笑し始めた。

イスに腰かけたままの千翔の肩に手をかけて、身体を折って笑い続けている。

大人の男がこんなふうに笑うのを初めて目の当たりにした珠貴は、驚きに目を白黒させて言葉を失くした。

「すげ……いいキャラ。へーキ、へーキ、大丈夫。そういう意味では興味ないから、心配無用だ。ククク……これは堪《たま》らん。あのブリザード男がどんな顔でコレと接しているのか、想像するだけで愉快《ゆかい》……」

「蒼甫……人が悪い。タマくん……タマ、この男のことは気にしなくていいから。なにか困ったことがあったら、いつでもおいで。……ただお茶を飲むだけでもね。帰りが遅いと笠原研究員が心配するから、もう戻ったほうがいい」

小さく吐息を漏らした千翔は、肩にかけられていた蒼甫の手を引き剥がして立ち上がる。

「……うん。蒼甫……って、変な人だね」

「はは、確かに変な人かもね」

苦笑して珠貴の言葉に同意すると、廊下との境のドアに足を向けた。珠貴を、戸口まで送ってくれるつもりらしい。

「じゃあ、気をつけて。帰りのルート、わかる?」

これが、笠原や蒼甫の口から出た言葉だと、「おれをバカだと思ってんだろ」と反発していただろうけれど、千翔に他意はないとわかるのでコクンとうなずいた。

「わかる。……またね、千翔。手当て、ありがと」

微笑んだ千翔に手を振ると、回れ右をして廊下を歩き出した。

医務室の扉が閉まっても、室内からはまだ蒼甫の笑い声が漏れ聞こえていて……再び「変な人」とつぶやく。

右手に貼られたスキンテープを見下ろした珠貴は、自然と唇が綻《ほころ》ぶのを感じた。

思いがけず、友達ができてしまった。それも、綺麗で優しそうで……珠貴をバカにしたり、無用にご機嫌取りをしなさそうな人だ。

小、中、高校……と、これまで珠貴の周りにはいなかったタイプで、嬉しい。きっと、もっと千翔のことを知れば、ますます好きになる。

「武聡くんは、知ってたのかなぁ」

医務室にいるのが、蒼甫と千翔だと知らなかったわけがないか。

歳の近い千翔が、珠貴と友達になってくれそうだと……そこまで考えていたかどうかは、わからないが。

なにかと豪快《ごうかい》そうな蒼甫と、綺麗な笠原の姿を並べて思い浮かべた瞬間。

「蒼甫にいじめられてるのなら、おれが護ってあげなきゃ」

珠貴の胸の奥から湧きあがったのは、そんな使命感だった。

笠原自身に言えば「余計なお世話だ」と冷たい目で見られそうなので、秘密の役目だ。

笠原の研究室に戻った珠貴を待ち構えていたのは、

「遅い。バカだから、また迷子になったのかと思っただろうが」

という、いつもと変わらず辛辣な台詞を口にする無表情のクールビューティーだったけれど。

「タマ？　怖い顔で右手を睨んでどうした。……痛むのか？」

そう尋ねてきた笠原は、いつもと同じ無愛想さだと他の人なら思うかもしれない。

でも珠貴は、ほんの少し眉が寄り気味のこの顔は心配してくれているものだとわかるから、笑って「ううん、痛くない」と言い返す。

「あのね、医務室の千翔……秋庭センセと、友達になった」

「へぇ。あの天才には、おまえみたいな単純バカは新鮮だろうからな。迷惑かけるなよ」

千翔と親しくなったことを報告した珠貴に、笠原は「ふん」と鼻で笑ったけれど……ほんの少し唇を緩ませたように見えたのは、目の錯覚《さっかく》だろうか。

「蒼甫は、なんか……気に食わないけど」

「……奇遇《きぐう》だな。俺もだ」

蒼甫の名前を口にした途端、いつにも増して笠原の纏う空気が冷たくなったので、笠原の前で蒼甫の話題は出さないほうがいいのかな……と、視線を泳がせた。

《四》

「おい、タマ。ついて来い」

「はいっ？　どこに……っ」

　ドアを開けるなり笠原に名前を呼ばれた珠貴は、しゃがみ込んでいたタイル張りの床から慌てて立ち上がった。

　排水溝の周囲に頑固《がんこ》な水垢《みずあか》が付着していて、特殊素材のスポンジで必死に研磨《けんま》していたのだ。

　急に立ち上がったせいで軽い立ちくらみに襲われたけれど、なんとか足を踏ん張ってふらつく身体を安定させる。

　そうしている数十秒のあいだに、笠原の姿が消えていた。

「ちょっとくらい、待ってくれてもいいと思うけど」

　実験室から研究室に出た珠貴の目に映ったのは、白衣を纏った笠原の背中だ。珠貴についていて来いと言ったくせに、待つ気はないらしい。スタスタと部屋《へや》を出て行ってしまう。

　慌てて笠原の背中を追いかけて廊下に出た珠貴は、矢継《やつ》ぎ早《ばや》に疑問を投げかけた。

「なに？　どこに行くの？　昼ご飯には早いし……」

「着いたらわかる」

歩くスピードを緩めず、こちらに目を向けようともしない笠原の態度が、珠貴の質問に答えるのが面倒だと語っている。

まぁ……確かに、目的地に着けばわかるか。

答えを聞き出すことを諦めて息を吐いた珠貴は、笠原の斜め後ろを歩いた。

押しかけ『雑用係』として笠原と間近で接するようになって、そろそろ二週間。手際のよくない珠貴に「散らかしてるのか片づけているのか、どっちだ」とか「救いようのない不器用」などと言いつつ、最近は存在に馴染《なじ》んでくれたのではないかと思っている。

そんなふうに感じる根拠の一つは、これだ。

ストライドの違う珠貴が、必死で笠原と歩調を合わせようとしていると……さり気なく歩くスピードを落としてくれる。

笠原は、珠貴に気づかれていないと思っているのかもしれないが、息が少し楽なので勘違いではないはずだ。

まだ昼食や夕食の席を共にはしてくれないけれど、研究室でコーヒーブレイクを一緒にしてくれることはある。

ただし、ブラックコーヒーが飲めないせいでミルクと砂糖をたっぷりと入れる珠貴を、

「豆の香りや風味を殺す飲み方だな」と、恐ろしく嫌そうな目で見ているが……。

　早足で渡り廊下を抜けて、動物たちの運動場のドームを横目で見ながら歩き、これまで珠貴が立ち入ったことのないエリアに入る。

　ゲートをくぐってすぐのところにある狭い消毒ルームで、四方からエアを吹きつけられて念入りに全身の除菌を施される。

「武聡くん、ここ……って」

　キョロキョロ周りを見回しながら、ゲートのロックを解除するのに使ったＩＤカードをいつものように白衣の胸ポケットに突っ込みながら歩く笠原に遠慮がちに話しかけた。

　長い廊下が続いているのは、研究室が並ぶ棟と同じだ。ただ、金属製の格子と強化ガラスが壁代わりになっている部屋が続き、研究棟とはまるで違う雰囲気だった。

　チラチラ横目で見ながら廊下を歩く珠貴の目の端に、小さな哺乳類《ほにゅうるい》らしき動物が映る。もっとよく見ようとしても、笠原と珠貴が通りかかると即座《そくざ》に姿を隠してしまうので、各部屋にいる動物がなんなのかまではわからない。

　着いたらわかると言われていたので、聞こえないふりをされるかと思ったが、意外にも笠原が答えてくれる。

「初めて入ったのか。まぁ、外部の人間の見学ルートには組み込まれてないだろうな。ここは、獣たちの飼育エリアだ。このあたりは小・中型動物の専門エリアだから、食われる心配はないぞ」

「食われるとか、心配はしてない。小・中型ってことは……猛獣はいないのか」

珠貴は独り言のつもりでポツンとつぶやいたのに、笠原の耳にはハッキリと届いていたらしい。

「なんだ、残念か？　子供は、ライオンやトラが好きだよなー。あと、サイやキリンあたりの大型獣も喜ぶか」

からかいをたっぷり含んだ調子でそう言われて、ムッとしながら反論する。

「子供じゃない！　けど、ライオンとかトラの、ネコ科大型猛獣は好き……かな」

勢いよく言い返していたけれど、最後のほうは小声になってしまった。

好きと口にした珠貴に、笠原は「やけに素直に認めるじゃねーか」と、ほんの少し唇の端を吊り上げる。

これも、最近の笠原に感じる変化の一つだ。

始めの頃はほとんど表情に変化がなく、珠貴が話しかけても面倒くさそうに冷たい目でジロリと睨まれることが多かったけれど、ここしばらくは割と頻繁《ひんぱん》に笑みらしきものを見せてくれるようになった。

他の人は、わからないかもしれない。でも珠貴は、「あ、今のは笑ったかな？」と感じ取れる。

無表情も人形のようで綺麗だし嫌いではないが、少しでも笑ってくれると嬉しくて心臓がドキドキする。

「あの、ここってユキヒョウ……」

「着いたぞ。ここだ」

珠貴が言いかけたところで、笠原が一つのケージの前で足を止めた。

扉のロックを解除して、入るよう視線で促された。珠貴と笠原が並んで入ってもまだ余裕があるくらい、広い空間だ。

隅には、笹の枝がこんもりと積み上げられていて……ガサリと緑の葉が揺れたかと思えば、見覚えのある獣が顔を覗かせた。

一匹、二匹……三匹もいる。

「あ……えっと、レッサーパンダ！」

目を輝かせた珠貴は、以前笠原に教えられた名前を口にしながら、ぬいぐるみのような毛むくじゃらの獣を指差す。

見慣れない珠貴を警戒しているのか、三匹のレッサーパンダはその場を動こうとしない。ただ、円らな瞳でジッとこちらを見ている。

怖がらせてはいけないので、珠貴も身動きができず……息まで潜めて、レッサーパンダの様子を窺った。

膠着状態《こうちゃくじょうたい》が、数分は続いただろうか。
ようやく敵ではないと思ってくれたらしく、少しだけ顔を覗かせていた笹のあいだから
ゴソゴソ這い出てくる。
好奇心旺盛《こうきしんおうせい》らしい一匹が珠貴に近づいてくると、あとの二匹もそれに続いた。
珠貴の足元をグルリと一周して……なにを思ったのか膝のあたりに前脚をかけて、後ろ
脚二本で立ちあがる。
「うぅ……可愛い。触りたい。けど……我慢」
両手を握り締めて直立不動の状態を保つ珠貴は、必死だ。それなのに、すぐ傍に立って
いた笠原は……肩を震わせて笑った。
「ッ……くく、おまえ……泣きそうな顔で」
「だって、レッサーを怖がらせたらダメだろうし。でも、触りたいぃ～」
手をうずうずさせながら葛藤《かっとう》していると、笠原が身を屈めてひょいと無造作に一匹の
レッサーパンダを抱き上げた。「武聡くんだけズルい！」と、苦情を口にする前に、珠貴の
胸元に突きつけてくる。
「ほら。大丈夫そうだから、触っていいぞ」
「い、いいの？　うわ……ふわふわ……あったかい。思ったより、重い」
両手で恐る恐るレッサーパンダを受け取った珠貴は、ズシリと感じる重みに目をしばた

たかせた。

見た目のとおり、たっぷりとした体毛に覆われていて抱き心地がいい。

予想よりやわらかな毛ではないけれど、じんわりと体温が伝わってきて自然と頬が緩んでしまう。

「ふーん、意外とすんなり抱かれたな。おまえ、コイツらに仲間として認識されてるんじゃないか？　タヌキっぽいから」

「……タヌキじゃないって！」

笠原に言い返す声も、棘《とげ》のないものになってしまう。

だって、こんなに可愛い生き物に触れていたら、ささくれ立った気分になれない。からかわれても、好きなように言えばいいという気になる。

「本当に変なヤツだな。こいつらが初対面の人間に近づくことなんて、まずないんだ。なにを考えて、俺の助手に立候補したのか知らないが、嬉しそうにこき使われてるし……Mなのか？」

「違うっ。人を変態みたいに言うなよ」

あまりにも綺麗で、生々しい気配が一切ない笠原の口から不意に「M」という言葉を聞かされた珠貴は、カーッと顔が熱くなるのを感じる。

反射的に言い返すと、笠原は「ふーん？」と無表情で鼻を鳴らす。

「女を知らなさそうなガキのくせに、Mの意味がわかるのか。そんな人畜無害《じんちくむがい》そうななりをして、実はヤリまくりの乱れ切った性生活を……」

「変なこと言うなっ！　まだしたことないし！　あ……」

勢い任せに、未経験だと自《みずか》ら暴露《ばくろ》してしまった。慌てて口を噤《つぐ》んでも、とっくに笠原の耳に届いているはずで……後の祭りだ。

勢いで言い放った言葉をどう誤魔化せばいいのかわからなくて、両腕で抱いたレッサーパンダを見つめる。

当然、そこに答えがあるわけではないけれど……。

「っ……くく……面白ぇ。これまで俺の周りにいたのは、偏差値偏向主義のプライドが無駄に高い捻くれ者ばかりだったんだが……おまえはバカ正直で、計算とは無縁ぽいなぁ。どんな育ち方をしたら、こんなバカになるんだ？」

肩を震わせた笠原は、少し意地の悪い顔で、遠慮なく「バカ」を連呼する。

どんな育ち？

両親や歳の離れた三人の兄に、生まれた直後から蝶よ花よと甘やかされて……などと本当のことを言えば、「だからバカなのか」とますますバカ呼ばわりされそうだ。

反論の術を失った珠貴は、「武聡くんこそ」と小声で言い返した。

「ああ？」

「なんで、そんなに意地悪なんだ。キレーな顔をしてるのに、損してると思う」

もっと愛想よくすれば、冷たいなどと言われないと思うし……近寄りがたい空気も軽減して、遠巻きにされることもないはずだ。

珠貴の言葉に、笠原はスッと表情を消した。これまでにないほど冷え冷えとした空気を漂わせて、珠貴から目を逸らす。

「この外見は嫌いだ。他人に好かれたいなどと、思ったこともない。他人を信じないから、誰にも信じられない。それでいい」

「そんなの……」

胸の奥が……ズキズキと鈍い痛みを訴えている。

珠貴を見てくれない端整な横顔は、人形のように綺麗で……冷たくて、なんだか淋《さび》しい。

誰も信じない。だから、誰にも信じてもらえない。

それでいいと……本当に、考えているのだろうか。

珠貴も、その『誰も』にカウントされている？

「誰も信じない？　……おれのことも？」

躊躇《ためら》いながら尋ねた珠貴に、一瞬だけ視線を向けてクルリと背を向ける。それでも白衣の背中を懸命に見詰めていると、低い一言が聞こえてきた。

「……さぁな」

肯定も否定もしなかった。けれど、「信じない」と吐き捨てられなかった。

拒絶ではなかったと、ホッとしても……いいのだろうか。

「おまえみたいなバカは初めてだから、よくわからん」

「っ、おれも……武聡くんみたいに、バカとかガキとか失礼なことを言いまくる人は初めてだっ」

つい、普段通りに言い返した珠貴を振り向いた笠原は、最近よく見せる意地の悪い薄っすらとした笑みを浮かべていて……自然と緊張していた肩から力が抜けた。

誰も信じないと口にする笠原は、世の中すべてを拒絶しているみたいで少し怖かった。

背を向けられるくらいなら、「バカ」と意地悪を言われるほうがいい……ような気が、するような……やっぱりそれは、嫌かもしれない？

自分のことなのに、考えれば考えるほどよくわからなくなってきた。

珠貴の混乱をよそに、笠原はいつもの調子を取り戻した淡々とした声で口にした。

「こいつらを、定期検診で医務室に連れて行くために来たんだ。おまえはそいつを抱いて来い。俺は、後の二匹を連れていく」

「……うん」

笠原は左右の手で二匹のレッサーパンダを抱き上げると、珠貴に背中を向けて飼育部屋を出ていく。

珠貴は、ギュッとレッサーパンダを両腕で抱いたまま、その背中を追いかけた。

長い廊下の奥へと進み、先日珠貴が訪れた時とは違うルートで、医務室のあるC－555エリアに向かう。

急務の際に手間取ることがないようにか、獣たちの飼育エリアと医務室があるエリアとを繋ぐ通路のセキュリティは、少しだけ緩いようだ。

ガラス瓶で手を切った珠貴が手当てをしてもらってから、二度ほど千翔のところに顔を出している。特別なことをするでもなく、おやつを食べてお茶を飲んで……笠原の容赦ない暴言などに対する愚痴を少し聞いてもらっているだけだ。

笠原と揃って医務室を訪れるのは、よく考えれば初めてだ。

「医務室……蒼甫がいなかったらいいね」

蒼甫が苦手だと言っていた笠原に、ボソッと話しかけると……返事はなかったけれど、肩がほんの少し揺れたのがわかる。

そんなに嫌なら、緩衝材《かんしょうざい》になってあげようと珠貴は密かに決意する。

珠貴になど庇《かば》われたくないと、嫌がられることは確実なので、この計画が笠原に知られないようにしなければ。

笠原の機嫌がよくない。

医務室での定期検診を終え、レッサーパンダたちをケージに戻して……そのあいだも、ほとんど口を開かない。

もともと無駄なことをしゃべる人ではないが、いつにも増して冷え冷えとした空気を纏っている。

「……本当に苦手なんだな」

研究室に戻るため、人工島を繋ぐ連絡通路を歩きながらポツリとつぶやいた。

笠原が不機嫌な原因は、医務室の主……蒼甫にあることは明白だ。

蒼甫が、「タマは可愛いか?」とか、「ここの連中にはない真っ直ぐなところは、新鮮だよな」と話しかけるたびに、眉間に刻まれた縦皺が深くなっていったのだ。

反論するでもなく、素知らぬ顔で聞き流していたが、用事が済むなり「帰るぞ」と珠貴を急き立てて医務室を出た。

もう少し千翔と話したかったな……という未練《みれん》があることは、笠原には知られないほうがよさそうだ。

珠貴のつぶやきは黙殺《もくさつ》されたとばかり思っていたのに、数メートル歩いたところで笠原が耐えかねたかのように口を開く。

「苦手というより、あの男は得体が知れん。せっかくのキャリアや名声をなげうって、幻獣医だと？　なにがしたいんだ」

普段より少し早口でそう言った笠原に、珠貴は首を傾げる。

なにがしたい……って、珠貴が答えられるのはたった一つだ。

「……幻獣医がしたいんじゃないの？」

「そんな単純なものじゃないだろう」

足を止めた笠原が、珠貴を振り向いていつになく強い口調で言い返してきた。

そうして苛立ちをぶつけられても、珠貴は蒼甫のキャリアや名声というものなど知らないし……幻獣医をしたいから、今の肩書きなのだと思うのだが。

単純にそうとしか考えられない珠貴は、笠原がどうしてもどかしそうなのかわからなくて、きょとんとした顔になっていたかもしれない。

目の合った笠原は、ほんの少し表情を緩ませて深く息をつく。

「……八つ当たりだ」

すまん……という声が聞こえた気がしたけれど、確証はない。気づけば歩を再開させた笠原は既に珠貴の数歩前を行っている。

珠貴は、置いて行かれないように小走りで後を追った。聞き返したところで、きっと笠原は答えてくれないだろう。

研究室の並ぶエリアのゲートをくぐり、廊下に一歩足を踏み入れたところで唐突に笠原が立ち止まった。

広い背中に遮られて、珠貴のいる場所からは、笠原が立ち止まることになった要因を窺い知ることができない。

「孤高《ここう》の麗人《れいじん》とか言われている笠原に、連れがいるのは珍しいな」

「………」

誰だ？　珠貴には、聞き覚えのない声だ。

男のものだということはわかるが、なんとなく嫌味を含んだじっとりとした響きで気持ち悪い。

珠貴には、いつも好き勝手に無遠慮な言葉を投げつけてくるのに……笠原は無言だ。

「相変わらず、凍りつきそうな目で睨むなぁ。その坊ちゃんには、優しいのか？　重要な、ヒモ……もとい、スポンサー様のご子息だもんな。表向きは、助手として研究室に入れてるらしいけど……世間知らずなお坊ちゃんの、子守りを引き受ける報酬として、いくら受け取った？　まったく、顔がいいヤツは得だよなぁ。まさか、そんなガキを色仕掛けで釣って、金づるにしてるわけじゃないだろうけど？」

「……？」

この男は、なにを言っているのだろう。今、この場面で『そのお坊ちゃん』という単語を引っ張り出してくるからには、きっと珠貴を指している。でも、報酬とか……わけがわからない。

ジットリとした嫌味な口調だが、研究と顔にはなんの関係もないだろう。

男の言葉に、珠貴がかつて感じたことのない不快感が込み上げてきた。

反論すればいいのに、笠原はなぜか無言だ。

数十秒の沈黙を、笠原のこれ見よがしなため息が破った。

「はぁ……通路を開けろ。妄想にまみれた創作話につき合うほど、暇《ひま》じゃないんだ」

「なっ、相変わらず無礼な男だな。夏川氏は、この研究所で五指に入る巨額スポンサーだ。そこの息子ってことには、間違いはないだろ？」

笠原の身体の陰から、小柄な男が顔を覗かせる。

目が合い、珠貴は思わず直立不動になる。声が出ない。首を、縦に振ることも横に振ることもできない。

「聞いてるのかっ、お坊ちゃん。澄ましてないで、なにか言ってみろ」

「……うるさい。行くぞ、タマ。時間の無駄だ」

無反応の珠貴に焦れたのか、男が詰め寄って来ようとした。その男から引き離すかのように、笠原に二の腕を掴まれて引き寄せられる。

不躾な視線から逃れられてホッとした珠貴は、大股で歩き出した笠原の身体に添う形で、歩き出した。

背後からは、

「研究費を使い放題なら、さぞ画期的な研究成果が上げられるんだろうなぁ。使えるものは、なんでも利用する……有能で合理的なおまえらしいよ」

そんな捨て台詞らしいものが聞こえてきたけれど、笠原は完全に無視して歩き続けた。そろりと見上げた横顔は、氷のように冷たい。

笠原が助手として傍に置いているのは、スポンサーの……「夏川」の息子。確か、蒼甫も食堂で噂になっていると言っていた。

珠貴は、誰にも言っていない。どこからそんな噂が出て、広まったのだろうか。

確かに、夏川という名前を隠していたわけではないけれど……。

短期滞在者として貸与された仮住まいの寮と笠原の研究室の往復で、たまに医務室に行き……食堂で誰かと同席することのない珠貴は、自分が他の人間からどのように見られているのか考えたこともなかった。

蒼甫は、「笠原が助手を置くなんて珍しい」と笑ったけれど、その理由やどのようにして……という部分にまでは深く踏み入って来なかった。無遠慮なようでいながら、気づかないところで配慮してくれていたのだ。

千翔とは、動物たちの話しかしない。

未成年で、突出した能力のない珠貴のような不適格な人間が、笠原の助手という名目で、実際は『雑用係』としてうろついていることに、疑問を感じていないはずがないのに。

今初めて、自分が……自分を傍に置いている笠原が、周りからどんなふうに捉えられているのか知った。

さきほどの男の口ぶりでは、多額の報酬に釣られた笠原が、スポンサーの息子の子守りをしている……という認識だった。

珠貴の腕を掴んだまま歩き続ける笠原は無言で、こちらを見ようともしない。だから、どんな顔をしているのか……なにを思っているのか、推測することもできない。

ただ、シャツの上から二の腕に食い込む指の力は強くて、全身に纏う空気がピリピリしていて……機嫌がよくないのが、伝わってくる。

研究室に入り、振り払うようにして二の腕を解放された珠貴がドアを閉めると、笠原がようやくこちらを振り向いた。

それでも口を開こうとしない笠原に、珠貴のほうが限界だった。なにか言わずにはいられなくて、

「武聡くん、さっきの……」

おずおずと口にしかけた言葉を、不自然に途切れさせてしまう。

どう言えばいい？

珠貴の父親が、研究所のスポンサーであることは事実だ。だから珠貴は所長の推薦状を得られたのだし、特別な便宜《べんぎ》を図ってもらったけれど、笠原はあの男が言っていたような利益は得ていない。

卑怯な手を使ってここに入り込んだのだと、笠原に打ち明ければ、どうなるのだろうか。せっかく、時々笑みを見せてくれるようになったのに……ここを追い出されるかもしれない。

それは、嫌だ。もっと、笠原と一緒にいたい。

でも、どんなふうに説明すれば、きちんと思いを伝えられるだろう。

この男には適当な誤魔化しなど通用しないとわかっているのに……うまく言葉が思い浮かばない。

この期に及んで『うまく言い繕おう』とする自分が、悪いのか。

下手に誤魔化さず、珠貴の言葉できちんと話すのが一番かと決意して顔を上げると、思いがけず笠原と視線が絡んだ。

いつから珠貴を見ていたのか、感情の窺えない淡い色の瞳が、ジッと見下ろしてきている。

「あの、武聡くん。おれ、ね」

「スポンサーの息子っていうのは、事実か」

なんとか声を絞り出した珠貴を、笠原が低い声で遮る。内容はどうであれ、話しかけてくれたことにホッとした。

「う、うん。それは、本当。ズルをして、所長の推薦状をもらった。どうしても、武聡くんに近づきたくて……」

自然と足元に視線が落ちる。

魔法でもなんでもない。推薦状を手に入れられたのは、父親の財力と権力のおかげだ。それを利用した自分が、とてつもなく利己的な子供だということは自覚している。恥ずかしくて、笠原の顔が見られない。

「理由は？　俺なんかに、なにがある？」

相変わらず、感情を読み取らせてくれない淡々とした声で質問を続けられて、珠貴はポツポツと言葉を返した。

「それは、……おれも、よくわかんないけど……あの運動場のところで逢った、レッサーパンダを抱いた武聡くんが、忘れられなかった。もっと、知りたいって思って……」

自分でも、どうしてあれほど笠原にもう一度逢いたいと思ったのか……強烈に記憶に残っていたのか、よくわからないから説明できない。

笠原は、もっと意味がわからないだろうと思ったのに、何故か納得したような声でいつになく饒舌《じょうぜつ》に言い返してくる。

「レッサーパンダか。やけにお気に召したみたいだったもんな。金を積めば、レッサーパンダの一匹くらい融通してもらえると思ったか？　俺の管理するヤツは、誰にどう言われても手放さないが……他の研究員なら、研究費に目がくらんで売り渡すやつもいるだろうな。もしかして、研究支援って名目で俺の口座に振り込まれていたヤツが買収費か？　身に覚えのない名前が気味悪いから、無視していたんだが……あれは、おまえの父親か」

驚いた珠貴は、パッと顔を上げた。

研究費という名で、父親が笠原に現金を振り込んでいた？

そんなこと、聞いていない。

なにより珠貴は、レッサーパンダを我がものにしようなどと考えたことはない。それも、父親の財力を笠に着て……なんて。

「違うっ。えっと……お父様がお金を振り込んでたかどうかなんて、知らない。おれは、確かにレッサーパンダが可愛いって思ったし好きだけど、自分のものにしたいなんて考えたこともないよっ。ちょっとだけ……レッサーパンダとか……ここにいるはずのユキヒョウを触れたらいいなって、下心はあったけど」

最後のほうは、しどろもどろになってしまった。

実際に、下心自体は存在していたのだ。初めてここに来た日、見かけたユキヒョウをもう一度、この目で見たい……あわよくば、触りたいと思っていたのは確かだ。

レッサーパンダは、腕に抱くことができたけれど……ユキヒョウには、まだきちんと遭遇できていない。

珠貴が唐突にユキヒョウの名前を出したせいか、笠原は怪訝そうな声で聞き返してくる。

「ユキヒョウ？　そりゃ……ここには、ユキヒョウもいるが、それがなんだ？」

「一回だけ遠くから見かけたけど……やっぱり、いるんだっ？」

ドクンと心臓が大きく脈打った。反射的に足が動き、急いた気分のまま笠原に詰め寄ってしまう。

ユキヒョウは、確かにここにいる。ついさっきまでのやり取りを追い出し、頭の中がそれだけでいっぱいになる。

珠貴の勢いに圧《お》されたのか、笠原が眉を顰めてわずかに身を引いた。

「ユキヒョウの、なにがそんなに……おい、おまえ、これ……」

「あっ！」

なにかに気づいたらしい笠原の目が、スッと細められる。

ＩＤカードのストラップに紛れるようにして、細いチェーンで首から下げてあるペンダントを指先で引き出されて、慌てて手を伸ばした。

「だ、ダメ！　それは……」

入浴時以外は、寝ても覚めても肌身離《はだみはな》さず持ち歩いているそれは……珠貴の宝物だ。

笠原は取り返そうとした珠貴の手を振り払うと、険しい表情でペンダントトップを凝視した。

「牙……だな。レプリカじゃない。本物の、獣のものだ。それも、このサイズの牙を持つ獣は、そこかしこにうろついているヤツじゃないだろう。体長一メートル以上の、ネコ科の大型肉食獣だな」

マジマジと牙を検める笠原は、さすが研究者だ。たった一本の牙から、持ち主のサイズやネコ科だということまで言い当てる。

「なんの牙だ？　……こいつを、どこで手に入れた？」

珠貴を睨み下ろしてくる瞳は、凍りつくように冷たい。返答を間違ってしまえば、きっと二度と話しかけてもくれなくなる。

気圧されるな、と自分を奮《ふる》い立たせて震えそうになる唇を開いた。

「それは、ユキちゃん……ユキヒョウの牙で、死んじゃった後にコッソリ……もらった。おれの、宝物なんだ」

五歳の誕生日に珠貴の弟になったユキヒョウは、八歳の誕生日の直後に原因不明の病でお星様になってしまった。一緒にいられたのはわずか三年弱だったけれど、今も大好きで大切な存在だ。

希少な動物だから、剝製《はくせい》として個人所有の博物館に寄贈《きぞう》するという父親に、泣いて「見《み》

世物《せもの》にするのは嫌だ」と抗議しても、「決まったことなんだよ」と聞き入れてもらえなくて……縋りつく珠貴から引き離されたユキヒョウは、専門業者に引き渡されてしまった。

最後のお別れだからと寄り添って夜を過ごす珠貴が、あまりにも泣き続けるものだから、見かねたのだろう。

長兄の博貴が、「ユキちゃんの思い出に、なにが欲しい?」と尋ねてきた。内緒で、珠貴にあげるよ……と。

泣きながら牙を指差した珠貴の願いを、兄は黙って叶えてくれた。

翌朝、移送に立ち会った父親は、ユキヒョウの牙が一本足りないことに気づいたはずだ。誰が犯人なのかも、察しがついていただろう。

けれど、珠貴を追及することはなく、見逃してくれて……後日、博貴の知人だという宝飾職人の手でペンダントに加工してもらった。

大好きで大切な弟と、これからも、ずっと一緒にいられるように……。

剝製となったユキちゃんには、一度も逢いに行っていない。

見世物となったユキちゃんに逢いたいとは思わないし、彼の魂はペンダントの牙に宿り、珠貴と常に共に在るはずだから。

それを笠原に説明しようと思ったけれど、

「目的は、ユキヒョウか。お坊ちゃんは、金さえ積めばなんでも手に入ると思ってるんだな。ガキの頃からそうして甘やかされてきたなら、仕方ないか。死体の一部をアクセサリーに加工して見せびらかすなど、悪趣味の極みだ。容易《たやす》く手に入らない、復活絶滅種の牙だ。ユキヒョウのものだと言えば、さぞ羨望《せんぼう》の眼差しが心地よかっただろう」

皮肉の滲む微笑を浮かべた笠原は、珠貴の言葉など聞いてくれそうになかった。

吐き捨てるようにそう口にして、ペンダントから手を離し、珠貴に背を向けてしまう。

「違うっ！　ユキヒョウは好きだけど、この牙はそんなつもりじゃなくて……」

「俺に言い訳をする必要はない。……チッ、だから他人と関わるのは面倒なんだ。片づけなど、業者を入れればよかった」

「武聡くんっ！　聞いてってば」

必死で説明をしようとしてもこちらを見ることなく、動物を追い払うかのようにひらりと手を振って、珠貴を突き放す。

「目障りだから、出て行け。もう来なくていい。レッサーを可愛がってるポーズも不要だ。……似てるとか思ったこともあるが、あいつらの仲間呼ばわりをして悪かった。似ても似つかん。人間は動物と違って、欲の塊で利己的だ。ま、俺もそんな人間の一人だが」

表情は見ることができないけれど、あの綺麗な顔に嫌悪の色を浮かべていると想像がつく声色だ。

ドクドクと、耳の奥で激しい鼓動が響いている。

珠貴がどう言おうと、笠原の耳には届かない。笠原の世界から、完全に追い出されようとしている。

嫌だ。嫌だ、嫌だ！

警戒心の強い野生動物のような笠原が、ようやく少しは受け入れてくれたのではないかと思えるようになったのに……ここで珠貴が引き下がってしまったら、もう二度と関わりを持ってくれないだろう。

それは、珠貴が人間だから？　もし、レッサーパンダたちのような獣なら、純粋に慕っているのだと信じてもらえた？

「……っ、バカ！　おれが人間だから、そうやって排除しようとするんだ。誰も信じないから、誰にも信じられなくていいなんて……淋しい。それなら、もしおれがレッサーになったら、話くらいは聞いてくれる？」

「ああ？　おまえ、なに言って……」

怪訝そうに笠原が、振り向いた。でも珠貴は、笠原を見ることなく奥の部屋へと駆け込んだ。

背後から、

「おいっ、なにする気だ？」

という笠原の声が追いかけてきたけれど、立ち止まる気はない。

制止される前に目的のモノに駆け寄ると、躊躇《ちゅうちょ》することなく透明のケースを開ける。最初に触るなと言われていた、培養ケースだ。笠原が、このケースに鍵をかけていないことは知っていた。

透明のガラス製シャーレを見下ろして、コクンと喉を鳴らす。

レッサーパンダのＤＮＡ抽出物を培養している。傷のある手で触り、細胞に侵食したらコンタミによって半獣化するという言葉が、珠貴に対するただの脅しだった可能性もある。

それでも、もし、本当に……これを自身に取り込むことによって、半獣化するなら？

そんな思いに囚われた珠貴は、二つ並んだシャーレのうち、向かって右側のものの蓋を左手で外した。

《五》

一点の曇りもない透明なガラス製シャーレを見据えて、コクンと喉を鳴らす。

「どうしよ……飲むんじゃダメだよな。えっと……そうだっ！」

思いつくまま、即座に行動に移す。

左手に持っていた、シャーレの薄いガラスの蓋をシンクに叩きつけて割ると、破片を右手に握り込んで切り傷を作る。

ピリッとした鋭い痛みに眉を顰めたけれど、ここで引き下がる気はない。滲み出る血を目にしつつ、培養器に右手を突っ込んだ。

シャーレの中にあった、ぬるりとした液体を掻き混ぜるようにして右手の切り傷に擦り込み……。

「おいっ、タマ！　このバカが！」

背後から、笠原の怒声《どせい》と共にグッと手首を掴まれて、培養器から引き出された。

引きずるようにしてすぐ傍のシンクに移動させられ、勢いよく流れる水に右手を突っ込まれる。

「なにを考えてる。こんな……」

耳元で、笠原の声が聞こえる。

背後から、抱き込まれるように腕を掴まれているので笠原の顔を見ることはできないけれど、珠貴が初めて耳にする焦《あせ》りを滲ませた声だ。

「武聡くんが悪いんだっ。おれの話、全然聞いてくれないから……っ」

勢いよく流れる水と、強く右手首を掴んでいる笠原の手を見下ろしながら、笠原のせいだと口にする。

水音に紛れそうなほど小さな声だったけれど、すぐ傍にいる笠原の耳には明確に届いたらしい。

硬い声で、「バカが」と返される。

「だからって、……この、考えナシが！　身体にどんな影響が出るか、わからないぞ。ッ、くそ……すぐに医務室に連絡して」

水栓を閉めた笠原が、珠貴の手をシンクから引き出して身体の向きを変えさせた。

斜め上を見上げた珠貴は、ようやく笠原と視線を絡ませることができて、焦りを表した顔に「ふっ」と息をつく。

非常事態だということは、もちろん珠貴も自覚している。けれど、笠原の様子を見ていたら奇妙な達成感が湧いてくる。

「連絡なんかしなくていいよ！　っ……ふ、こんなに感情を剥き出しにする武聡くん、初めて見た。やっと、目を合わせてくれたし……成功だ」

険しい顔で珠貴の顔を見ている笠原は、ふふっと頬を緩ませた珠貴に、ますます眉間に刻んだ縦皺を深くした。

右手首を掴んでいる指に、グッと力が込められる。

「なに、のん気なことを言ってやがる。大バカモノめ。嫌がっても、医務室に連れていくからな！」

「ヤダっ、て……ぁ……」

無理に連れ出されないよう、足を踏ん張ろうとしたところで言葉を途切れさせた。

ドクン、と。

ひときわ大きく、心臓が脈打った。ドクドクドク……全力疾走をした時のように、激しく鼓動し始める。

これは、なんだろう？　息が……苦しい。

激しい心臓の脈動に合わせて、ズキズキ……切り傷が痛む右手だけでなく、傷のない左手の指先まで小刻みに震える。

「タマ……珠貴っ」

見るからに様子がおかしいのか、笠原の声が更に緊迫《きんぱく》したものになった。

初めて、きちんと名前を呼んでくれた……と笑いたいのに、頬が強張《こわば》っているみたいで上手く笑えない。

喉がカラカラに渇いていて、声も上手く出せない。

「だいじょ……ぶ、だから……」

「どこが大丈夫だっ」

白衣の胸元を強く握って「大丈夫」と訴えた直後、笠原が思いがけない行動に出た。

目が回ったかと思えば、不思議な浮遊感《ふゆうかん》に包まれる。

「な……に」

眩暈《めまい》……ではない。視界が高くて、綺麗な顔がすぐ近くにあって……まさか、笠原に横抱きで抱え上げられている？

驚きに硬直していると、笠原は珠貴の身体を抱き上げたまま大股で歩き出す。

「武聡くんっ？　おれは、本当に平気」

「そんなわけあるか！」

言葉の終わりを待たずに、ピシャリと言い返される。これほど急いた空気を漂わせる笠原は、初めてだ。

そうさせているのは、自分なのだとわかっているから、胸の奥がじわりと熱くなる。

ふっと唇を綻ばせたと同時に、背筋を悪寒《おかん》に似たなにかが駆け上がった。

「ッ、ま、待って……ぁ！」

これまで以上に肌がざわつき、全身の産毛が総毛だっている。

なに？　なにが起きている？

寒いような気もするし、暑いような気もするし……ゾクゾクと身体が震える理由がわからない。

小さく息を吐いた瞬間、全身の血が沸騰《ふっとう》したのではないかと怖くなるほど、身体中が熱くなった。

両腕で笠原の首に縋りつき、強くしがみつく。異変を感じたのか、笠原が足を止めて珠貴の顔を覗き込んできた。

「タマ……？」

「あ！　ぁ……っ」

背骨を突き抜けるような鋭い痛みに身を竦ませた直後、スーッと全身の力が抜ける不思議な感覚に包まれた。

至近距離にあるセピア色の瞳が、不安と心配を滲ませて珠貴を見詰めている。

なんだ。やっぱり、すごく優しいくせに……笠原は自分をわかっていない。

「心臓のドキドキ……治まった」

やけに頭がスッキリしている。燃えるように全身が熱かったのに、今は平熱に戻っている。

心拍数も落ち着き、これまで身に起きていた異変が嘘のように爽快《そうかい》な気分だった。

でも……この、尾てい骨のあたりの違和感は……。

「はは……は、計画、成功した……かも」

へらりと笑ってつぶやいた珠貴に、笠原は怪訝そうに目をしばたたかせた。

「なんのことだ。このまま医務室に運ぶからな」

「いいって！　こんなの……誰にも見せられない、し」

笠原の肩を拳で叩き、廊下に続く扉に向かう足を止めさせる。

少し身動《みじろ》ぎしただけで、自分の身に起きている変化を感じられた。やけに窮屈《きゅうくつ》なズボンの内側、素肌にさわさわと毛の当たる感触があるのだ。

……くすぐったい。

「……こんなの？」

珠貴を両腕で抱いたままの笠原は、眉を顰めた。

珠貴の声や雰囲気から、切迫した空気がなくなったことを感じ取ったらしく、低い声から緊張が抜けている。

「ん。あの……尻尾……かな？」

両脚を少し揺らしながら答えた珠貴に、笠原の眉間に刻まれた縦皺が更にクッキリとしたものになった。

「なんだと？」

抑揚のない声で聞き返されて、セピア色の瞳をジッと見詰め返す。

母親が持っている、どんな宝石よりも綺麗だ。その瞳に、自分が映っているのが不思議で……ぼんやり視線を絡ませたまま、短く答えた。

「しっぽ」

子供のような単語のみの一言だったけれど、きちんと耳に届いたらしい。

笠原は、無言で目を瞠る。

それは、珠貴が初めて目にする無防備な表情で……綺麗というよりなんだか可愛くて、無意識に微笑を浮かべた。

直後、

「うわ、落ち……っ」

抱き上げられていた笠原の腕から、力が抜けた。焦った珠貴は、再び厚みのある肩に両腕でしがみつく。

衝撃を覚悟していたけれど……。

「あ……れ？」

笠原に抱き着くような体勢のまま、ストンと床に足が着いた。

落とされるかと思ったが、笠原はきちんと気遣ってくれたらしい。危なげなく、自分の足で立つことができた。

チラリと目を向けた笠原は、困ったような……怒っているようにも見える、なんとも形容し難い複雑な表情で珠貴を見下ろしていた。

「ん……窮屈」

下半身が不快で、ジャージのズボンに手を入れた珠貴は、指に触れた毛の塊を引きずり出す。

握られているのが感じられるということは、やはりコレは自分の身体と繋がっているに違いない。

身体を捻って背後を確認すると、予想していた通りの……赤褐色と少し薄いベージュが縞になった、見事な『尻尾』が垂れ下がっていた。

「やっぱり、尻尾だ。レッサー柄」

動かそうと意識したわけではないのに、凝視する珠貴の目の前でピクピクと左右に小さく揺れる。

数時間前に見た、三匹のレッサーパンダとお揃いの尻尾だ。珠貴のもののほうが、少し大きいだろうか。

「……脱げ」

唇を引き結んで難しい顔をしていた笠原が、不意に低くつぶやいた。

ハッキリ聞き取れなかった珠貴は、捻っていた身体を戻して目の前の笠原を見上げる。

「え……？」

「下だけでいい。服を脱げ」

珠貴と目の合った笠原は、無表情のまま、珠貴の下半身を指差しながら短く命じる。

冗談……を言っている空気ではない。動こうとしない珠貴を見下ろしている笠原の眉が、ますます寄るのがわかる。

「……って、ここで？」

ヒクッと頬を引き攣らせた珠貴は、キョロキョロと周りを見回しながら、ジャージのウエスト部分を両手で押さえた。

書棚に囲まれた笠原の書斎は静謐な空気で満ちていて、脱ぐという行為に違和感がありすぎる。

戸惑う珠貴をよそに、笠原はほんの少し苛立ちを含んだ声で、とんでもない言葉を投げつけてきた。

「ここ以外にどこがある。廊下で脱ぎたいのか？　自分で脱げないのなら、俺が脱がせてやろうか」

「違うっ。……ここで、自分で脱ぐよ！」

笠原に脱がされるくらいなら、自分で脱ぐ。想像するだけで、心臓がどうにかなりそうだ。

グッとウエストを掴んだ珠貴は、心の中で、

──武聡くんは同性だし、脱いで見せたところでどうってことない。だいたい、研究者として……珍現象を確かめたくて、脱げって言ってるだけだろうし。それ以外に意味はない──

と自分に言い聞かせて、ジャージのズボンを下着と纏めて脱ぎ捨てた。

変に躊躇うから、恥ずかしいのだ。堂々としていたら、恥ずかし……いのは、やっぱり変わらない。

笠原は同性だ。下半身を見られたところで、照れる自分が変だろう。

頭ではそうわかっているのに、そわそわ落ち着かない。

今まで感じたことのない類《たぐい》の恥ずかしさから、どうすれば逃れられるのかわからなくて、グッと奥歯を噛み締める。

両手でTシャツの裾を引っ張り下ろし、少しでも下半身を隠そうと悪足掻きするので精いっぱいだ。

そうして笠原から顔を背けて突っ立っていると、大きな手で右肩を掴まれてビクッと身体を震わせた。

「後ろを向け。よく見えん」

クルリと回れ右をさせられて、ホッとする。

自分では動けそうになかったから、笠原に背を向けることができて……顔を隠すことができて、よかった。

勝手に首から上に血が集まり、顔面がどんどん熱くなってきていたのだ。きっと、みっともなく頬が紅潮《こうちょう》している。

平然とした笠原の前で、自分だけ変に意識して恥じらっているのかと思えば、ますます羞恥が増して……泣きそうになっていた。

「うひゃ！」

予告なく尻尾を掴まれる感触に驚いて、ビクッと背筋を伸ばす。

背筋がゾクゾクした！

脇腹をくすぐられたり、背中の真ん中を指先で撫で下ろされたり、これまで珠貴が知っている『くすぐったい』とは、全然違う。

「武、聡くん。ひゃ……、っぁ……ヤダ、それ。くすぐった……っっ」

「ふーん、飾り状態ではなく、正常な感覚が備わっているのか。神経が通っているということだな。まぁ……尻尾を握られた動物たちが、くすぐったがっているのかどうかは知らんが」

「ゃ……だ、ぞわぞわする。握らないでって。ひぁ！」

緩く手の中に握られていたかと思えば、今度は深い毛を掻き分けるようにして地肌《じはだ》を指先でくすぐられた。

膝から力が抜けてしまい、ペタリと床に座り込んだ。

床暖房を嫌う笠原は、常にヒーターをオフにしている。そのせいで、剥き出しの足や尻がひんやりと冷たい。

「逃げんなよ」

「武聡くんが触るからだろっ。逃げたんじゃなくて、足の力、抜けて……」

珠貴は床に座り込んだまま、背後に身体を捻って恨みがましく笠原を睨み上げる。

立てないと訴えると、仁王立ちで珠貴を見下ろしていた笠原が、嘆息する。

「仕方ないな。そんな格好で床に座り込んでいたら、腹を壊すぞ」

そう言いながら、脇の下に手を入れて引き上げてくれた。

支えるというよりも、荷物を小脇《こわき》に抱えるように壁際のソファへと移動して、珠貴をそこに座らせる。

「他に異常はないか？　これだけ……か？」

靴と靴下を脱がされて、足の指に触れられる。

尻尾に触れられた時とは少し違う、奇妙なくすぐったさが爪先から広がって、ビクッと身を竦ませた。

「変化はなさそうだな。手、爪も……か。耳も、人間のものだ。髪は……元からこの毛色か。あとは……口を開けろ」

「んぐ」

珠貴の身体のあちこちを検分した笠原は、口を開けろと言いながら……珠貴が自ら開くより先に、強引に指を突っ込んでくる。

歯を調べているらしく、指先で犬歯《けんし》のあたりを摘まんだり数を数えているのか一本ずつ指の腹で辿られたりして、顎《あご》が怠《だる》くなるまで弄り回される。

「ン、っも……疲れた」

限界が来て口を閉じたら、わざとではないけれど笠原の指を軽く噛んでしまった。

いつもなら「バカ」とか文句を投げつけてくるはずの笠原は、珠貴が噛んだ自分の右手人差し指をチラリと目にしただけで無言だ。

なにか……珍しいモノを目の当たりにしたように、ジッとソファの上の珠貴を見下ろしている。

しばらく唇を引き結んで珠貴を凝視していた笠原が、ようやく納得したように口を開いた。

「尻尾だけ……か」

低い一言には、安堵の色が滲んでいる。

冷たく突き放そうとしていたくせに、珠貴を心の底から心配してくれていたのだと伝わってきて、胸の奥がじんわり熱くなった。

「好きに実験して、データとか……取っていいよ。これまで通り、掃除とかもする。だから、おれのこともういらないって言わないでよ」

珠貴は、目に想いを込めて笠原に訴えた。

大きく息をついた笠原は、右手を上げて自分の髪をグシャグシャと掻き乱すと、忌々しげな口調で答える。

「おまえ、本物のバカだろう。衝動で行動するな。下手したら、命に関わるぞ。今はわかりやすい異常が尻尾だけでも、これからどうなるか……」

「だって、人間のおれのことは信じてくれないんだろ。だったら、半分レッサーのおれなら信じてくれるのかな、って」

衝動で行動する。その通りだ。

背中を向けられて、苦しくて堪らなかった。どんなことをしてでも、笠原の目を自分に向けさせたかった。

その術を、こうすること以外に思いつかなかったのだ。

たまたま、珠貴の思惑通りに事が運んだけれど……失敗していたらどうなっていたのか、想像もできない。

　眉を顰めて珠貴を見下ろしている笠原は、

「……なんで、俺なんかにそんな……」

　迷うようにぽつりと零して、口を噤んだ。どんな言葉を続ければいいのかわからなくなったと、揺れる目が語っている。

「人間は信じられなくても、レッサーパンダとか……動物は信じられるんだよね？　半分……以下だけど、おれも二割くらい獣になったし……だから、二割でいいから、信じて」

　笠原は無言だ。やはりダメかと珠貴が肩を落としかけたところで、空気が動いた。

　眉間にゆるく皺を寄せて珠貴を見ていた笠原が、大きな手をポンと珠貴の頭上に置いた。

「おまえは……心底バカだ」

　言葉は相変わらずだったけれど、口調がいつもよりやわらかい。

　髪に触れる手も、優しいような気がして……気持ちいいな、と目を細めた。

「どうするんだよ、コレ」

　低くつぶやかれた『コレ』が尻尾のことを指しているのは明確で、珠貴はゆっくりとまばたきをする。

　どうすると言われても、珠貴には答えようがない。

　頭に血が上り、半獣化してしまえばいいと……それしか考えていなかった。

「初めてのパターンだぞ。消し方なんかわからん。それに、これから更に獣化が進む可能性もある。やはり、一度医務室に……」

「こんなの、他の人に見られるの嫌だってば。なにか不具合が出るまでは、このままでいいんじゃないかな。そのうち、突然消えるかも？　名前だけしか知らないけど、風疹《ふうしん》とか麻疹《ましん》とかの病気みたいなものだよね」

症状の現れ方としては、少し変わっているけれど……ウイルスが身体に入って異変が生じるという風に考えれば、名前だけは聞いたことのある感染性の病気みたいだ。

珠貴の言葉に、笠原は思案の表情を浮かべて曖昧に首を捻った。

「まぁ……ウイルス性の疾患だと、言えないことはないか。人体の免疫システムが働いて、体内に侵入した異物をキラー細胞が攻撃することによって、いずれ消滅する可能性はある。だが、確証はない。逆に、レッサーパンダのＤＮＡを組み込んだ細胞が増殖して暴走することも考えられる。この手のコンタミは、前例がないんだ」

どうなるか、わからない……と。

自信のなさそうな口調で、迷い迷い語る笠原を見るのも初めてで……自然と頬が緩んでしまう。

「じゃあ、絶好《ぜっこう》の観察対象だ。……なにかの役に立つかも？」

だろ？　と嬉々として笠原に同意を求めると、グッと眉を顰めて珠貴の頬を指先で軽く摘まんだ。

　険しい表情だけれど、先ほどのような珠貴を拒絶する空気はもう感じない。

「……笑ってんなよ、能天気。もし、ちょっとでも異常があれば、隠さず言えよ。その時点で医務室に担ぎ込む」

「うん。おれが、少しでも武聡くんの役に立てたらいいなぁ」

　期待を表してか、ふよふよと背中で尻尾が揺れているのを感じる。どうやら、珠貴の心情と尻尾の動きは、意図することなく連動するらしい。

　意識して動きを止めようとしても、上手くコントロールできない。そのうち、自分の意思で動かせるようになるのだろうか。

「んー……これ、どこの筋肉で動いてんだろ」

「……その疑問に答えが見つかったら、教えろ。つーか……落ち着いてんな、おまえ」

　呆れ半分、感心半分、といった口調だ。

　確かに、自ら望んだこととはいえ、とてつもない異常事態なのに不安はほとんど感じない。

「うん。もしヤバそうだったら、武聡くんがなんとかしてくれるでしょう？」

「……俺に、過剰な期待をするな」

　笠原には嫌そうに言い返されたけれど、珠貴は「ふふ」と含み笑いを漏らした。

落ち着いているふうに見えるのは、笠原に言われたように珠貴が能天気だから……ではなく、すぐ傍に笠原がいて、真っ直ぐに珠貴を見ていてくれるからに違いない。

少なくとも、この尻尾がある限り笠原は珠貴を追い出さないはずだ。

研究対象としてでも、近くにいられるのならそれでいい。

笠原が、投げかけてきた疑問。

困惑をたっぷりと含んだ、「どうしてここまでして」は……珠貴自身にもわからないから、重ねて尋ねられなくてよかった。

《六》

「んー……なかなか乾かないなぁ」

研究所の寮の部屋に備えつけられているドライヤーは、出力の高い高性能なものだ。珠貴の髪くらいなら、一分そこそこで乾かすことができる。

ただ『尻尾』は毛の根元にやわらかなアンダーコートが密集していることが原因か、風量を最大にしても髪ほど容易に水分が飛んでくれない。

この、レッサーパンダのものと思われる尻尾が生えて、今日で三日目だ。

尻尾があるからといって日常生活にさほど不便は感じないけれど、身支度には少しだけ時間がかかるようになった。

「よし、これくらいでいいか。あとは……武聡くんに借りた白衣」

ようやく満足できる手触りになった尻尾を、ジャージのズボンに押し込める。身体のラインが出ないLサイズのTシャツを被り、尻尾隠しのために笠原から借りた白衣を羽織《はお》れば、身支度の完了だ。

「遅刻するっ。また、嫌味言われるっ」

ＩＤカードのついたストラップを掴んで寮の部屋を飛び出した珠貴は、小走りで廊下を進んだ。

すれ違う研究員が、不快そうに横目で珠貴を見遣る。

廊下を走ることはもちろん、珠貴のような場違いな子供が研究所内をうろつくことも気に食わないに違いない。

これまで、完全にシャットアウトできていた他人の視線が気になるのは、隠さなければならないものを身に抱えているせいだろうか。

「カード……早く認証してよっ」

ゲートのカードリーダーにＩＤカードを翳して、笠原の研究室があるエリアに入る。静かな廊下に、珠貴の足音だけがパタパタと響いた。

「お、おはよー……ございます」

白いドアにコンコンコンと忙《せわ》しなく拳を打ちつけて、待機すること十秒ちょっと。

ゆっくりと開かれたドアの隙間から、笠原が顔を覗かせた。廊下に立つ珠貴を見下ろす目は……温度でたとえるなら、氷点下《ひょうてんか》だ。

「うるさい。遅い。……相変わらず落ち着きがねーな。静かに来い」

「ご、ごめんなさい」

肩を竦ませて研究室に入った珠貴は、不機嫌なオーラを漂わせている笠原をチラリと見上げる。

ドアを閉めてこちらを振り向いた笠原は、無造作に珠貴の白衣を捲り上げた。表情を変えることなく、手を伸ばして……。

「ひぁっ！　一言でいいから、予告してよ！」

言葉もなくジャージのズボン越しにギュッと尻尾を握られた珠貴は、ビクッと身体を震わせて笠原に抗議した。

それでも、無言で尻尾を握り続ける笠原は、珠貴に睨まれたところでダメージなど皆無《かいむ》だと態度で示している。

「く、くすぐったいっ。ッ……ぅわ！」

身体を捩《よじ》って逃げようとしたのに、遠慮容赦なく背中側からズボンに手を突っ込まれた。

手探りで尻尾を引き出されて、強く握り締められる。

「いててて っ、痛いって！」

あまりの傍若無人さに、ムッとして笠原の腕をバシバシ叩いた。

「三日目、か。そう簡単に、消えてなくなるモノじゃないんだな。痛覚も正常か。サイズも……変わりなし」

珠貴は涙目で抗議しているのに、笠原は素知らぬ顔で握り締めた尻尾を見詰めながら、観察結果を口にする。

珠貴をいじめて面白がっているのかと思えば、研究者の眼差しだった。だからといって、唯々諾々と受け入れられるかと言えば……それは別の話だ。

「観察するのはいいけど、尻尾を握るなら予告してって昨日も言ったのに。それに、もうちょっと手加減して触ってくれないかなぁ。なんで、そんなに横暴《おうぼう》なんだ」

「うるさい。ん……おまえ、朝風呂に入ったな？　毛が生乾《なまがわ》きだぞ」

指先で長い毛を掻き分けるようにして尻尾に触っていた笠原が、湿気を感じ取ったらしくわずかに眉を顰める。

「ッ！　ゃ……くすぐったい、ってば！」

ゾクッと背筋を這い上がったのは、悪寒……に似ているけれど、少しだけ違う奇妙な疼《うず》きのようなものだった。

珠貴は、この感覚をどう言葉で表現すればいいのかわからなくて、「くすぐったい」と声を上げる。

「きちんと乾かせ。湿気が残っていると、雑菌《ざっきん》が繁殖して皮膚疾患の原因となりかねん。ハゲたらどうする。レッサーパンダは、豊富な毛が魅力なんだ」

「わ、わかった。ちゃんと乾かすように気をつけるから、もう……っ手、離して」

しゃべりながら指先で毛を梳《す》くようにされて、膝が震える。身を捩って笠原の手から逃れた珠貴は、慌てて乱れた服を整えた。

ドクドク……忙しなく心臓が脈打っている。逃げようと暴れたせいか息も上がっていて、身体中が熱い。

なんだか……変だ。笠原の顔が見られない。

「掃除、する」

ポツリと口にした珠貴は、笠原の前から逃げるように奥の部屋へ向かった。

火照った頬をゴシゴシ擦っても、なかなか熱は冷めてくれなかった。

昼食に誘っても、笠原が珠貴と共に食堂やカフェに行ってくれたことはない。食にこだわりがないという笠原は、研究室に常備してある簡素な栄養補助食品で昼食を済ませてしまうこともよくある。

一人きりの昼食を終えて笠原の研究室に戻った珠貴は、普段と様子が違うことに気がついて首を傾げた。

「あれ？　ドア……開いてる？」

ノックをしようとしたけれど、少し隙間が開いている。

その隙間から、聞き覚えのある声が漏れ聞こえてきて、「まさか」と目を瞠った。

「珠貴は、まだか」

「……知らん」

答えるのは、感情が窺えない笠原の低い声。

勢いよくドアを開いた珠貴は、笠原と向き合うスーツ姿の長身に「やっぱり！」と声を上げた。

「博貴兄？　なんでここ……っ」

「珠ちゃん！　なに、その白衣。可愛いなぁ」

長兄の名前を口にすると、パッと顔を輝かせて大股で近づいてくる。ギュッと抱き寄せられて、あたふたと身体を離した。

「なんで逃げるんだ？」

珠貴が接触を避けたせいか、博貴は不満そうに口にする。

なんで、と問われても……答えられない。

あまりくっつかれてしまうと、絶対に知られてはならない異変に気づかれてしまうかもしれないのだ。

「は、恥ずかしいだろ。この歳になってまで、兄貴とベタベタして……珠ちゃんって呼ばれるのも嫌だ」

「そんなの、今まで気にしたことがないのに？」

「ともかく、嫌なのっ。博貴兄は、ここでなにしてるんだよ」

博貴が、こんなところにいる理由がわからない。

肩に置かれた手から身体を逃しながら見上げると、ますます不満を滲ませた。

「珠貴の様子を見に来たんだ。俺の秘書見習いを中断してまで、研究所でアルバイトをすると言って家を出て行ったきり、いつまでも帰らないから……不当に労働させられているんじゃないかと心配になってね。由貴と友貴も心配している」

「過保護っ。おれも、いつまでも子供じゃないんだから……放っておいて大丈夫だよ」

「なにを言う。いくつになっても、珠貴は俺たちの弟なんだ。アルバイトなんか、したことがないのに……心配して当然だろう」

珠貴と博貴のやり取りを無言で傍観していた笠原が、「はー……」と呆れたように、大きなため息をついた。

うっかり意識の外に追い出しかけていた珠貴は、慌てて笠原に目を向ける。

「微笑ましい兄弟喧嘩《げんか》は他所《よそ》でやってくれ。ここは、俺の研究室だ」

「ごめんなさいっ。博貴兄……兄は、すぐに帰るから。だよねっ？」

博貴の着ているスーツの袖口を掴むと、目で強く訴える。

珠貴は迫力を込めたつもりだったのに、博貴は痛々しそうな表情を浮かべてそっと珠貴の髪を撫でる。

「珠貴……この男に、そんなに気を遣って……不憫《ふびん》な。少しばかり労働者の真似事《まねごと》をして気が済んだなら、もういいだろう。俺と一緒に、帰ろう」

「真似事じゃないっ。おれは、おれがしたいからやってんの！　……あまりっていうか、ほとんど役に立ってないかもしれないけど」

笠原に歓迎されていないことがわかっていながら、無理やり押しかけてきたのだ。自分の働きぶりを思い起こしても、労働力としては最低ラインだという自覚はある。

それなのに、まるで嫌々ながら笠原に働かされているみたいな言い方をされて、必死で否定した。

「おまえがここにこだわる理由は、想像がつく。……ユキヒョウならお兄ちゃんがなんとかしてあげるから、無理をしなくていいんだ」

まるで、ユキヒョウを目当てに研究所に入り込んでいるような言い方をされて、慌てて首を左右に振った。

笠原にも同じ誤解をされたことは、記憶に新しい。

自ら半獣化するという珠貴の無謀な行動にそれどころではなくなったのか、あれからその話には触れられていないのだから、わざわざ蒸《む》し返さないでもらいたい。

「違うって！　おれは、ユキヒョウが欲しいなんて一言も言ってないだろ。だいたい、ユキちゃんの代わりなんかいるわけがないんだ。……今でもユキヒョウは好きだし、近くで見たり触ったりできるなら、そりゃ嬉しいけど……自分のものにしたいとは思わない」

「ユキちゃんが死んじゃった時は、あんなに落ち込んで……食事もせずに部屋に閉じこもって、何日も泣いていたのに？」

「……だから、だよ」

ぽつんと返した珠貴に、博貴はよくわかっていない顔で首を捻る。

ユキちゃんは、珠貴の中で唯一無二《ゆいいつむに》の存在なのだ。

「二度と、ユキヒョウは……自分で育てようと思わない。いらない」

寂寥感《せきりょうかん》と喪失感《そうしつかん》を埋めるための代わりのユキヒョウなど求めたことはないし、どんな子であっても代わりになどなれない。

きっと、どれだけ言葉で説明しようとしても、理解してもらえないと思うけれど……。

言える言葉がなくなって唇を引き結んでいると、笠原が低くつぶやいた。

「ふん。情緒《じょうちょ》を解さない男だな。それでタマを甘やかして可愛がっているつもりなら、逆効果だ」

淡々とした声に、博貴は眉を顰めて不快感を露わにした。珠貴の肩をグッと掴み、笠原を睨みつける。

「なんだと。貴様に、珠貴のなにがわかる」

笠原は、博貴につられて怒るでもなく、感情の籠もらない冷静な口調で言い返す。

「こんな直情的なガキの考えていることなど、わからん。だが、少なくとも、今の……ユキヒョウに関する言い分だけは理解できる。……代わりを与えることが慰めになると思うなら、見当違《けんとうちが》いもいいところだ」

笠原の口から　珠貴を擁護《ようご》するような言葉が聞けるなど、予想もしていなかった。

でも、今の笠原は確かに博貴よりも珠貴の想いを汲《く》み取ってくれていて……胸の奥に、じわじわと熱いものが込み上げてくる。

笠原は珠貴と目が合う前に顔を背けたけれど、端整な横顔を見ていると何故か鼻の奥がツンと痛くなった。

兄に反論してくれて、嬉しい……のに、どうして泣きたいような頼りない気分になっているのだろう。

「博貴兄、おれ……もうちょっとここにいたいんだ。武聡く……笠原博士に、もういらないって放り出されるまで。周りから、こうしなさいって言われてお膳立《ぜんだ》てされたことをやるんじゃなくて、初めて自分でやりたいって思った。中途半端に投げ出したくないし……やり残したこともある、から」

博貴を見上げて、懸命に想いを伝える。

両親と、三人の兄と……周囲から、溢れんばかりの愛情を受けて育ったことは、自分でもわかっている。

四人目こそ女の子が望まれていたことは、周囲の大人から漏れ聞いた。珠貴の名前は、本来は『珠姫』だったのだと、親戚から聞かされたこともある。けれど、本当は女の子がよかったのだろうと、いじける間もないくらい三人の兄は代わる代わる珠貴を可愛がってくれた。

同年代の子供が好みそうなものは、珠貴が欲しいと思う前に目の前に差し出される。望むものなどないほど甘やかされて、すべての危険を排除されて、自分でなにかを考える必要もなく……強化ガラスで覆われた温室で、安穏とした日々を送っていた。

でも……笠原の傍にいたい。白衣の下に隠した尻尾を盾にしてでも、必要としてもらいたいと初めて強く望んだ。

誰にも、護ってもらえなくていい。今はただ、笠原の傍にいたいだけだ。

「珠貴……そんな顔をするんだな」

しばらく無言で珠貴と視線を絡ませていた博貴は、何故か、淋しそうな目で珠貴を見下ろして口を開く。

「どんな顔？」

「いや……わかってないのなら、いい。おい、笠原……博士。研究費は言い分を援助しよう。だから、珠貴を……頼む」

博貴は、珠貴から目を逸らしてふっと息を吐く。

そして、挑むような態度だったこれまでとは異なり、刺々《とげとげ》しかった声の調子を和《やわ》らげて笠原に話しかけた。

チラリと一瞬だけ珠貴に目を向けた笠原は、短く「断る」と答えた。

「おい」

博貴の声が再び硬くなり、なにも言えない珠貴の胸の奥にはズキンと鋭い痛みが走る。

どんなに珠貴が望んだとしても、笠原に拒絶されたら……ここにいられない。

そんな絶望感に目の前が暗くなりかけたところで、笠原が仕方なさそうにつぶやいた。

「少々の研究費で、こんなに厄介な子供の面倒など見られるか。慈善事業をやってるとでも思わないと、割に合わん。タマの子守り代を金に換算したら、どれだけの資産家かは知らないが目玉が飛び出るぞ」

「え……っと……？」

どういうことだ？

笠原が口にした言葉の意味をすんなり理解できないのは、珠貴がバカなせいだろうか。

戸惑っていると、博貴が大きく息をつく。珠貴の肩を掴んでいた指の力が抜けて、ゆっくりと手を下ろした。

「わかり難い……捻くれた男だな。金目的じゃないから、珠貴の面倒を見る報酬としての研究費の援助など不要だと言えばいいものを」

「え？」

「…………」

博貴の言葉に反論すると思っていた笠原は、無言だ。剣呑《けんのん》と言ってもいいほど難しい表情で、明後日の方向を睨みつけている。

研究費の援助などなくても、珠貴を傍に置いてくれる？　それなら……笠原にとってのメリットは、なに？

「武聡くん、おれ……ちょっとくらいは役に立ってる？」

おずおずと問いかけた珠貴の言葉にも、答えはない。

無視を決め込む笠原に、珠貴よりも博貴のほうが不快そうな顔をして「おい、答えを……」と返事を強要しかけたから、無理に返答を引き出したいわけではない珠貴は慌てて話題を変えた。

「博貴兄、このエリアのゲートまで送っていくよ。おれに逢うだけが、目的じゃないよね。用事は終わった？」

笠原の研究室から出て行け……と言葉にはできないので、廊下に向かって博貴の背中を押しながら、話しかける。せっかく、珠貴がここでアルバイトを続けることを認めてくれているのだ。笠原の気が変わってしまってはいけない。

急かそうと、珠貴が甘える仕草で腕を絡ませたせいか、博貴の眉間に刻まれていた縦皺が解かれた。

「いや……これからだ。うちの製薬部門の新薬を、ここのメディカルセンターに届けることが一番の訪問理由だ。大型獣での治験データを取ってもらい、配合を調整する。現存する動物のデータだけではなく、絶滅種のデータを得ることも必要なんだ。進化した動物ではなく、原始的な動物だと、対症効果が変化する可能性があるから興味深い」

「うん……進化するのが必ずいいこと、ってわけじゃないよね。特定の病気にだけ強かったり、逆にビックリするくらい繊細だったり……復活絶滅種って、不思議だ」

医務室でお茶を飲みつつ、千翔や蒼甫からぽつぽつ耳にしたことを思い出しながら、博貴の言葉に相槌《あいづち》を打つ。

笠原も、百年前に自然生息していたレッサーパンダと絶滅しかけてから人工繁殖させたレッサーパンダでは、ウイルスに対する抵抗力が違うと言っていた。

科学的な根拠は見つかっていないらしいけれど、蒼甫は「人間が踏み込んじゃならん領域ってやつがあるんだよ」と、珠貴が初めて目にする表情で口にした。傍で聞いていた千翔も悲しそうな微笑を浮かべたのだ。

遺伝子工学や生物学を専門に勉強をしたわけではない珠貴には、わからないことばかりで……少しもどかしい。

もっと、きちんと勉強をしたら、笠原だけでなく……蒼甫や千翔とも話せることが増え

るだろうか。

珠貴は、知識欲とか学びたいという欲求が自分にもあったのだと、初めて知った。

これはしなければならないことではなく、やりたいという自発的な望みだ。

言葉を切って唇を引き結んだ珠貴の顔を見下ろした博貴は、ふっと吐息を零して静かに口を開いた。

「……珠貴、ここでただ単に雑用をさせられているだけじゃないんだな。いつまでも、子供扱いはさせてくれない……か。あーあ……」

「？　どういう意味？」

最後にもう一つ大きなため息をついた博貴が、どんな意図でそんなことを口にしたのかわからなくて、首を傾げる。

ゲートの手前で足を止めた博貴は、珠貴の髪をくしゃくしゃと撫で回しながら、どこか淋しそうな笑みを浮かべた。

「いや……独り言だ。なにか、困ったこととか……助けが必要なら、いつでも連絡してくるんだぞ」

「うん。友貴兄や由貴兄に、よろしく言っておいて。あ、お父様やお母様にも」

「ああ……珠貴は、予想よりずっと元気そうだったと伝えておく」

ポンと珠貴の頭に手を置くと、大きく手を振ってゲートを出て行った。渡り廊下を歩いて遠ざかる博貴の背中を見送り、急ぎ足で笠原の研究室に戻る。

博貴が突然押しかけてきたせいで、笠原の機嫌は地表すれすれのところまで降下していると思われる。

珠貴に、フォローが可能だろうか。

ドアをそろりと開けて室内に入った珠貴は、後ろ手できっちりドアを閉めると、書棚の前にいる笠原の横顔に、おずおずと話しかけた。

「あ……あの、武聡くん……ごめんなさい」

とりあえずは、謝罪だろう。そう思って口にしたのに、ジロリと冷たい目で睨みつけられる。

「謝罪をするなら、おまえではなくアポなしで押しかけてきた兄貴のほうだろう。それとも、俺に謝らなければならない覚えがあるのか？　おまえが持ってるユキヒョウの牙に関しては、どんな意味があるのか……さっきの兄貴とのやり取りで、だいたい想像がついた」

「えっ……と、身に覚えはない、かな」

断言できず、自信のない言い回しになってしまった。

今日に限って言えば、笠原に悪いことをした記憶はない、はずだけれど……？

「おまえは……本当にバカだな」

書棚の最上部あたりに視線をさ迷わせて思い悩んでいると、笠原が呆れたように口を開いた。

珠貴は、唇を尖らせて笠原に視線を戻す。

「う……また、バカって言った。悪かったな！」

「バカとは言ったが、だから悪いとは言っていないだろう。小賢《こざか》しく立ち回られるより、単純バカのほうがわかりやすい」

無表情で淡々とした台詞だったけれど、珠貴を見る目に不快そうな色は浮かんでいない。

もしかして、予想していたよりも不機嫌ではないのだろうか。

「……じゃあ、バカでもいいか」

ホッと肩の力を抜いてつぶやくと、笠原はピクリと眉を震わせた。

「俺は、バカがいいとも言っていないがな。おまえは、思考と行動が直結し過ぎているんだ。事を起こす前に、もう少しでいいから考えろ。そりゃ、おまえの言い分を聞こうともしなかった俺も、悪かったかもしれないが……」

あまりにも正論過ぎて、反論できない。ここしばらくの自分の行動は、どう考えても考えナシだったという自覚はある。

でも、珠貴にも言い分はあるのだ。

「誰に対してでも、ってわけじゃない。武聡くんだから……」

我ながら、どこから湧いてきているのか不思議になるほどの行動力の源は、すべて『笠原』なのだ。

　ぽつぽつと言い訳じみた反論をした珠貴に、笠原は無言で背中を向けた。

　笠原のせいにしようとしていると、呆れられただろうか。

　なにか、フォローをしなければ……少しでも、笠原にとってプラスになることは……と必死で考えを巡らせて、思いついた。

「あの、えっと……お父様からの研究費！　くれるっていうんだから、もらっておいたらいいと思う。邪魔にはならないものでしょう？」

「……おまえの子守り代をもらうつもりは、ねぇんだよ」

　珠貴を振り返らないまま、低い声で返してくる。

　さっきよりも、不機嫌そうな声だ。フォローを試みたにもかかわらず、失敗してしまったようだ。

　もう、なにも言えなくなって足元に視線を落としていると、振り返った笠原が近づいてくるのがわかった。

　顔を上げかけた珠貴の白衣を掴み、背中側に手を回してくる。

「……あの面倒そうな兄貴に、コイツの存在を知られなかっただろうな」

　身体を胸元に抱き込まれるような体勢で、笠原の両手に尻尾を掴まれる。

　心臓が……とてつもなく早鐘《はやがね》を打っている。

頬に触れる笠原の白衣の感触と、ジャージ越しに尻尾を掴まれている手の感触と……どれが原因なのかわからないけれど、耳の奥でドキドキとうるさい。

いきなり尻尾を掴むな、と文句をぶつけることも忘れて、上擦りそうになる声でなんとか答えた。

「だ、大丈夫！　もし博貴兄が気づいていたら、絶対に黙ってなかったから！」

「ああ……それもそうか」

クッとかすかに笠原の肩が揺れて、掴まれていた尻尾を解放された。

抱き込まれていた腕の中から慌てて逃げ出した珠貴は、自分が着ている白衣の胸元をギュッと握り締める。

苦しいくらい、ドキドキしている。笠原の手で、無造作に尻尾を掴まれることなど、初めてじゃないのに……。

動悸《どうき》の原因がわからないのに、笠原に触れられること自体は嫌ではないのが不思議で……。

白衣姿の長身を視界の端に捉えながら、「なんで？」と自問《じもん》してみたけれど、答えは出なかった。

《七》

外部からの見学者向け研究所マップにも載っているメディカルセンターではなく、蒼甫が責任者を務める医務室があるエリア『C－555』は、笠原の研究室があるエリアよりもセキュリティが厳重だ。

本当なら、珠貴の所持するIDカードではロックを解除できないけれど、千翔がこっそりと持たせてくれた通行証を翳すとゲートを通ることができる。

「千翔、医務室にいるかなぁ」

今日は遊びに行くと予告していないので、医務室にいない可能性がある。居てくれればいいなぁ……と祈りながら、白い廊下を歩いた。

長兄の博貴が突然訪ねてきたのは、三日前だ。その日を境に、笠原と一緒にいると何故か胸が苦しくなる。

笠原の気配を感じるだけでドキドキしてしまい、片づけ作業も、書類整理さえきちんとできない。

三度目に本のタワーを崩したところで、「今日はもういいから遊んでこい」と研究室を追い出されてしまった。

珠貴の遊べる場所など、研究所内にはない。どこに行こうかと考えるまでもなく、千翔のいる医務室くらいだ。

廊下の突き当たりで足を止めた珠貴は、コンコンとドアに拳を打ちつけた。

「……千翔。入っていい？」

呼びかけても、返事はなくて……いないのかと肩を落とす。しょんぼりと踵を返したところで、ドアの開く音が聞こえてきた。

「タマ？　ごめん、奥にいたんだ」

勢いよく振り向いた珠貴は、ドアの隙間から顔を覗かせている千翔にホッとして、頬を緩ませる。

「千翔っ。あの……今、邪魔じゃない？」

「うん。いいよ。入って」

笑って手招いてくれた千翔に、大きくうなずいて駆け寄った。

医務室内に入ると、デスクの前、珠貴の定位置となっている小さな丸イスに腰を下ろす。

消毒薬の匂いがする清潔な空間に、すっかり馴染んでしまった。

「仕事中だった？　……よね」

奥とは、獣たちの診察スペースのことだろう。

　こちらにも診察台はあるけれど、主に人間が怪我をしたり具合が悪くなったりした時に使用するものらしい。

　大型獣たちは、千翔が奥と言った……腰あたりから上が透明のガラスになっている仕切りの向こう、銀色のテーブルのようなものがある空間で診察を受けている。

　色んな高さや大きさのある銀色のテーブルには、体重計が組み込まれていて、八十キロもあるトラだろうと乗せただけで体重が計測できる便利なものだと聞いた。

「うん。もう終わるところだったから、気にしなくていいよ。あとは、蒼甫に任せておいていいし」

　千翔の視線につられて、珠貴も透明ガラスの仕切りの向こうに目を向ける。

　一メートルほどの高さの診察テーブルには、白い毛にグレーの模様、立派な尻尾を持つ……印象的なネコ科大型獣が乗せられていた。

「……ユキヒョウだ」

　思わずつぶやいた珠貴に、千翔が驚いた様子で聞き返してくる。

「えっ、ここから見ただけなのにわかった？」

「うん。尻尾が身体のわりに立派だし、ユキヒョウ……好きなんだ」

　白衣の下に着ているTシャツの中、首から下げたチェーンのペンダントトップをギュッと握る。

かつて、大切な弟として共に過ごしたユキヒョウが好きだ。この研究所になんとかして入り込もうとしたきっかけも『ユキヒョウ』で……それなのに、今の珠貴は自分でも不思議なくらい落ち着いていた。

ユキヒョウに駆け寄って「触りたい！」と騒ぐでもなく、こうして少し離れたところから姿を目にするだけで嬉しいと思える。

「今は、ユキヒョウと同じくらいレッサーパンダも好きだけど」

ポツリと口にした珠貴に、千翔は「ああ」と納得したように笑う。

「笠原研究員は、レッサーパンダが専門だったよね。赤褐色のたっぷりとした体毛が綺麗で、ずんぐりとした身体に、縞模様の太い尻尾とか丸い耳とかも愛嬌《あいきょう》があって……可愛い子たちだ」

「ん……」

千翔の褒め言葉がなんとなくくすぐったく感じるのは、珠貴も「綺麗だ」と言われたレッサーパンダの特徴と無縁ではないせいだろうか。

縞模様の尻尾は、今も白衣の下……ジャージの内側に隠している。

そう思ったところで、たった今気がついたかのように千翔が口を開いた。

「そう言えばタマ、その白衣サイズが合ってないね。笠原研究員に借りてるものかな」

「あっ、うん。そう。借り物。えっと……白衣を着てたら、研究所の中であんまり浮かない……っていうか、食堂とかでも目立たないから」

不思議そうに千翔から白衣のサイズ違いを指摘され、答えが言い訳じみたものになってしまった。

それも嘘ではないけれど、一番の目的は尻尾の存在を誤魔化すことなのだ。

「ぶかぶかの白衣、か。ヤラシーなぁ。笠原のヤツ、下ネタなんか死んでも口にしないって感じの潔癖《けっぺき》そうな顔で、実はムッツリスケベ……」

「蒼甫っ。タマに余計なこと言わない」

千翔と珠貴の会話が聞こえていたのか、奥から姿を現した蒼甫がニヤニヤと笑いながら会話に割り込んでくる。

千翔に咎められても、全然悪いと思っていない口調で「へーへー、悪かった」と、笑みを消すことなく返した。

「でもさ、マジな話……自分のものを身に着けさせるとか、マーキングみたいだろ？　もしくは、手ぇ出すなって牽制《けんせい》」

「どうして、そっちに話を持って行きたがるかなぁ。タマは、笠原研究員を純粋に慕ってるだけでしょう。……笠原研究員は、よくわかんないけど。少なくとも、タマのことは特別……だろうな」

答えが珠貴の顔に書いてあるかのように、千翔にジッと見詰められると、なんとなく居心地が悪い。

黙っていられなくなった珠貴は、しどろもどろに言い返した。

「た……武聡くんは、おれなんか……なんとも思ってない。雑用としても役立たずって言われるし、せいぜい研究対象……くらいで」

「研究対象？」

深く考えずに口にした一言を、千翔に聞き咎められた。

復唱されて、「っ！」と口を噤んだ珠貴の顔には、大きく「しまった」と書かれていたに違いない。

反応しなければ、流してくれたかもしれないのに……これでは、なにかありますと自白《じはく》しているのと同じだ。

笠原にもよく言われている、自分の『単純バカ』さが、改めて嫌になる。

チラリと、正面のイスに座っている千翔に目を向ける。視線が絡み、慌てて逸らして……今度は、千翔の背後にいる蒼甫に移す。

そこでもバッチリと目が合ってしまい、行き場のなくなった視線を自分の足元に逃がした。

「タマ、研究対象って……なんのこと？　蒼甫、笠原研究員の専門って……確か」

「あいつはレッサーパンダの雌雄《しゆう》産み分けだろ。自然繁殖におけるＸＹ染色体の偏向と、人工的遺伝子配列の組み換えによる次世代雌雄選別の可否について。雄に偏向しているレッサーパンダの出生率を、人工授精時にコントロールすることなく雌雄のバランスが同率になるように遺伝子レベルで……」

途中から、蒼甫がなにをしゃべっているのかわからなくなってしまった。

無言で足元を睨む珠貴が、難しい顔をしていることがわかったのか、蒼甫の声が途切れる。

「あー……つまり、何故か雄ばっかり生まれるレッサーパンダに、バランスよく雌が生まれるように研究することが目的、だ」

珠貴でもわかるように簡単な言葉で説明してくれたので、今度はうなずくことができる。

理解できたことにホッとして顔を上げると、千翔と蒼甫……二人ともが、なんとも形容し難い表情で珠貴を見ていることに気がつく。

「な、なに？　なんか、変な顔……して」

息苦しいような沈黙に耐えられなくなって、忙しなく千翔と蒼甫に視線を往復させた。

珠貴が落ち着かない様子を見せるせいか、不安そうな目をした千翔が、斜め後ろに立つ蒼甫に目を向ける。

「……タマって、最初の頃は白衣を着てなかったよね。何日前だったかな……いきなり、着るようになった」

「ああ」

ボソッと口にした千翔に、蒼甫が短く答える。

身体を正面に戻した千翔の視線が戻ってきて、珠貴はイスに腰かけたまま全身を強張らせた。

足先から、頭の天辺《てっぺん》まで。

珠貴をじっくり観察するかのように、千翔の目が移動する。

どうしよう。どこか、不自然だろうか。まさか、服の下を透視できるわけはないだろうけど。

「Tシャツのサイズ、身体に合ってない」

「そうだな。やけに裾が長い」

「服の下に……隠さなきゃいけないモノがある、みたいじゃないかな」

「まぁ……時々隠してるものがあるおまえが、そう言うなら……そんなふうに見えなくもないか」

千翔の疑問に、蒼甫が短いながらも一つずつ答える。

あまりにも視線が強烈で、そわそわ落ち着かない。これ以上ここにいたら、千翔になにもかも暴かれそうだ。

詰問されているわけではないのに、「ごめんなさい」と逃げ出したくなる。

「ち、千翔。なんで、そんな見るんだよ。なんか、おれ……変？」

そうして自ら切り出すことで、疚しいものなどなにもない……と誤魔化しを図ったつもりだった。

けれど千翔は、珠貴につられて笑うこともなく、腰かけていた正面のイスから立ち上がる。

ダメだ。誤魔化されてくれない。

「タマ。イスに座ったままでいいから、後ろを向いて」

珠貴が座っているイスは、三百六十度の回転が可能なものだ。少し足に力を入れるか、千翔に肩を掴んで回されるだけで、身体の向きを変えることができる。

後ろを向けという言葉に、そうしようと考えるまでもなくギュッと足の裏に力が入った。

「な、なんで？」

躊躇うのは、不自然だ。なにかを隠そうとしているのだと、言外に暴露しているのと変わらない。

なんでもない風に笑って、言われたとおりにして見せればいい……と、頭ではそうわかっていても、身体が動かない。

表情のない千翔が漂わせている空気は、これまでになく重苦しくて……目を逸らすこともできない。

「タマが自分で動いてくれないなら、勝手にさせてもらうよ」

そう宣言した千翔が、手を伸ばしてきた。珠貴の肩に手を置いて、呆気なくイスを回転させる。

「ごめんね」

「……ッ！」

尻の下に敷き込んで座っているせいで、白衣を捲り上げることはできなかったのだろう。白衣の生地越しに、腰あたりに手を押しつけられる。

白衣の内側にある、もこもことした異物の感触は、容易に伝わったはずだ。千翔の手の動きが、ピタリと止まった。

シン……と、沈黙が漂う。

藪をつついて蛇を出す事態に陥りそうなので、珠貴は下手なことを言えない。千翔も、無言だ。

すぐ傍にいるはずの蒼甫は、一連の千翔と珠貴の様子を見ているはずだ。それなのに、一言も言葉を発することがないのは不気味だった。

いつもなら、珠貴をからかって余計なことまでしゃべるのに……。

「あの……タマ。白衣、脱いで？」

長い沈黙を破り、千翔が遠慮がちに口を開いた。息苦しい沈黙から解放されたのはありがたいけれど、白衣を脱げと言う内容は喜ばしくない。

「な、なんで？　……ヤダ」

反射的に白衣の襟元を掴み、千翔を見上げる。

これを脱いで、Tシャツを捲り上げられたら……もう誤魔化せない。

服の上から触られただけだ。現物を見られていない今なら、惚《とぼ》けることも不可能ではないはず。

決定的なアレを見られてしまう前に、今すぐ逃げ出したほうがいいとわかっているのに、身体が動かなかった。

「なんで、脱げなんて……」

ぎこちなく首を横に振る珠貴に、千翔は困ったような顔をしている。

珠貴が嫌がっているのに、無理やり白衣を剥ぎ取られることはないはず……と思っていたけれど、ここにいるのは優しい千翔だけではなかった。

「じゃあ、脱がせるか」

わざわざ宣言した蒼甫の声に、「嫌だって！」と言い返そうとしたけれど、彼が行動に出るほうが早かった。

大きな手で白衣の襟首を掴まれて腰まで強引に引き下ろされ、その下に着ているTシャツの裾を捲り上げられる。

蒼甫の動作があまりにも手早かったせいで、ロクに抵抗することができなかった。

服の内側に押し込めていた毛の塊が、ぶわっと飛び出す。

呆然としている珠貴をよそに、開放感を喜んでいるみたいにそれがふわふわ揺れているのを感じる。

もう駄目だ。見られてしまった。この状況で、目の錯覚だろうという誤魔化し文句は……あまりにも白々《しらじら》しい。

「……尻尾」

「こいつは、アレだ。レッサーパンダ柄だな」

言葉もなく全身を硬直させている珠貴の耳に、千翔と蒼甫の声が聞こえてきた。異物を目にした驚きは感じられない。冷静に事実の確認をしているだけのようだ。

見られている珠貴のほうが、「どうしよう。どうしよう」と、泣きそうなほどの焦燥感に襲われていた。

どうして二人は、驚いていないのだろう？　おかしいと思わないのか？　尻尾……生えているのに？

もしかして、珠貴がイタズラ心でおもちゃを仕込んでいて、二人を驚かせようとしているとか……そんなふうに思っている？

だったら、そう振る舞ってしまえば誤魔化せるかも！

ようやく思考が正常に働き出した珠貴は、「あのさっ！」と、思い切って言葉を絞り出しかけた。

そうして多大な努力によって無理やり繕った笑みが、千翔の言葉でヒクッと強張る。

「作り物の動きじゃないね。タマの感情と同調している。……レッサーパンダってことは、やっぱり笠原研究員の仕業《しわざ》かなぁ」

「それしかないだろう」

珠貴が尻尾を生やしていることを、目にするまでもなく知っていたみたいに……冷静な声で、話し合っている。

見られたら驚かれて問いつめられると、必死で隠してビクビクしていた珠貴のほうが、おかしいみたいだ。

いや……この二人の反応が、普通なわけがない。それとも、研究所の人は『人間に生えた獣の尻尾』を変だと思わない人ばかりなのか？

この状況をどう捉えればいいのか計りかねて、だらだらと冷や汗が背中を伝うのを感じていると、突然背後から両肩を掴まれた。

「タマ」

「はっ、はい！」

珠貴はビクッと背筋を伸ばすと、上擦った声で千翔の呼びかけに答える。二人に背中を向けたままなので、千翔がどんな顔で名前を呼んできたのかわからない。

声は普段と変わりなかったけれど、気味の悪いものを目にしたような嫌悪感を滲ませていたら……と思うだけで、怖い。

レッサーパンダの細胞を培養しているという機器に手を突っ込んで半獣化したことは、珠貴が自ら望んだ結果だ。

でも、千翔に嫌われる覚悟はできていない。

「正直に答えて。笠原研究員に、無理強いされているんじゃないだろうね。無理やり、実験につき合わされているのなら……」

なにを言われるのか身を硬くして待っていると、千翔の口から出たのは、思いがけない台詞だった。

クルリとイスを回した珠貴は、千翔を見上げて激しく首を左右に振る。

「違うっ。武聡くんは、なにも悪くない！　おれが、勝手に……おれのせいなんだ。武聡くんに、信じてほしくて……」

「……どういうことだ？　どんな流れで、信じてもらおうとコイツを生やす結果になったのか、想像がつかん」

蒼甫が不思議そうな声で言いながら、珠貴の尻尾をツンとつつく。面白がって触ろうとしている空気を感じたので、ピクッと震えて蒼甫の手から逃げると、「おお？」と声を上げて握ろうとしてきた。

「触んなっ、バカ！」

「誰がバカだ。前から思ってたんだが、おまえ、千翔や笠原に対する態度と俺に対する態度が、違いすぎやしないか？」

腕を組んだ蒼甫に、迫力のある声とともにジロリと睨み下ろされるが、「怖くない！」と睨み返す。

「千翔や武聡くんが、蒼甫を嫌ってるからだ。千翔と武聡くんの敵は、おれにも敵！」

尻尾を背中に隠しながら蒼甫に言い返すと、唖然《あぜん》とした顔で目をしばたたかせて……千翔に目を向けた。

「おまえ、俺のこと嫌ってるのか？」

千翔の肩に手を置いて、顔を覗き込むようにして尋ねる。

ムッとした珠貴をよそに、千翔は嫌な顔を見せることも蒼甫の手を振り払うこともなく、クスリと笑った。

「……そう思う？」

「だって、タマが……なぁ？」

名前を出された珠貴は、弱ったような笑みを浮かべている蒼甫と、苦笑を滲ませた千翔を交互に見遣って……、

「あれ？　なんか、違う？」

と、首を傾げた。

蒼甫と話している時の千翔は、自分と接している時と表情や声が違っていたので、苦手意識を持っているとばかり思っていたけれど……嫌っているわけではなかったのか。

今の千翔は、蒼甫を嫌っているようには見えない。

「えっと、ごめんなさい」

素直に謝った珠貴に、千翔は笑みを深くして蒼甫はため息と共に肩を落とす。千翔の肩に置いていた手を珠貴に向かって伸ばしてきて、ポンポンと軽く頭を叩いた。

「とりあえず、どんなきっかけでソイツが生えることになったのか、説明してくれるか？　事と次第によっては、俺と千翔は全面的におまえの味方をするぞ」

「……本当？」

ポツリと蒼甫に尋ねて、千翔に視線を移す。

二人がハッキリうなずくのを確認して、迷いを手放した珠貴は、「じゃあ、話す」と白衣を握り締めた。

笠原との言い合い、そして「人間のおれは信じてくれなくても、半分獣なら……」と言い放った珠貴が取った無謀な行動の一部始終を、思い出しながら語る。

途中、いくつかすっ飛ばしたような気もするけれど、可能な限り事実をそのまま伝えたつもりだ。

「この尻尾が生えて……一週間くらいかな。でも、尻尾だけだし、日常生活に支障はないから特に困ってない」

珠貴が言葉を切ると、蒼甫は「はー……」と大きなため息をついた。千翔は？　と視線を向けると、唖然とした表情で絶句《ぜっく》している。

なにも言えないらしい千翔に代わって、蒼甫が口を開いた。

「なんつー……無謀っていうか、単純バカ。おまえ、俺がこれまで生きてきた三十七年で逢ったことのある、どの人間よりバカだぞ」

「……失礼な大人だなっ」

ものすごく感心したような顔と口調だが、語る内容は「バカ」であって褒めてない。

ムッとして、いつもの調子で言い返した珠貴とは違い、千翔はまだ言葉が出ないらしい。

珠貴と目が合うと、困った顔で自分の髪を掻き乱し……珠貴の背中で揺れる尻尾を、ジッと見詰めた。

ようやく声を発したかと思えば……。

「そこまでしておいて、タマは、笠原研究員に対する感情がどんなものなのか……わかんないかぁ」

　そんな、珠貴には全然意味のわからない言葉だ。苦い笑みをわずかに浮かべた千翔の肩に、蒼甫が大きな手を置いた。

「おまえも、鈍感《どんかん》さでは人のことを言えないだろう。まぁ、自分のことじゃないからこそ、よく見えるんだろうが。しかし、タマはともかく……笠原はいくつだ？　頭のデキはいいんだろうが、専門バカはそれ以外のことに関して鈍すぎる」

　当事者である珠貴を蚊帳《かや》の外に出しておいて、千翔と蒼甫の二人だけで納得したように話している。

　珠貴は、なにを言われているのか全然わからないのに。

「二人は、いろいろ……わかる？　おれが、武聡くんの傍にいたらどうして苦しくなるのか……も？」

　おずおずと問いかけた珠貴に、千翔が「うー……可愛い」と唐突につぶやく。

　おもむろに立ち上がったかと思えば、イスに腰かけたままの状態でギュッと抱き締められ、珠貴は「なになに？」と目をしばたたかせた。

「わかった。タマが、そこまでするくらい笠原研究員のことを想っているのなら、なんとかする」

頭の上で千翔がそう言うと、あからさまに嫌そうに蒼甫が答えた。

「はぁ？　おまえ、それは余計なお世話ってやつだ。俺は嫌だからな。メンドクセェ。笠原が、自力でどうにかするべきだろ」

「……タマが可哀想だって、思わない？　ここまでしても、鈍感な大人に気づいてもらえないなんて……あ、深く考えたら腹が立ってきた」

珠貴の頭を抱き込んでいる千翔の両腕に、ギュッと力が込められる。

口調は厳しくても、珠貴を抱く腕からは優しい気持ちが伝わってくるから、そろりと千翔の腰に手を回して抱き返した。

……なんか、千翔が着ている白衣の下に……ふわっとした感触があるような？　気のせいか？

「千翔」

疑問を晴らすべく珠貴が名前を呼びかけたのと同時に、蒼甫が「わかった」と嘆息した。そのせいで、千翔に尋ねるタイミングを逃してしまう。

「お膳立てしてやるよ。つっても、なにからなにまで面倒は見ないからな」

蒼甫の口調は渋々といったものだったけれど、抱き合う千翔と珠貴をさり気なく引き離しながら、「仕方ねーなぁ」と続ける。

「うん。結局、蒼甫もタマが可愛いんだよね」

「……誰のためだと思ってんだか」

苦虫を噛み潰したような、という表現がピッタリの顔をした蒼甫は、医務室に備えられている通信機器に手を伸ばす。

千翔と珠貴をチラリと見遣り、

「適当に隠れてろ」

と、診察台あたりを指差した。

隠れてろと言われても……どこに、どうやって？

戸惑う珠貴の手を掴んだ千翔が、「おいで」と誘導してくれる。

大きな白い布を診察台に被せると、テーブルクロスのように垂れ下がった布を捲って診察台の下に潜り込む。

千翔と並んで身を潜めた珠貴は、布越しのぼんやりとした明かりの中で「ふふ」と笑みを零した。

「かくれんぼみたいだ」

子供の頃、広い家の中で兄たちと遊んだことを思い出す。

珠貴が隠れる場所は、すぐに見つかりそうなところばかりだったのに、なかなか見つけてもらえなくて……不安になって泣きながら這い出したところを、三人の兄の誰かに抱き上げられるのだ。

今ならわかる。あれはきっと、珠貴の隠れ場所を知っていながらわざと放っておいて、珠貴が自分から出てくるのを待っていたのだろう。

泣きながら手を伸ばす珠貴に、兄たちは「ごめんね」と笑いながら抱き締めてくれたのだから。

「かくれんぼ、か。これが？」

「子供の頃に、遊ばなかった？」

「……うん。こんなふうに隠れるの、初めてだな」

千翔の言葉は、当たり前に遊んでいた珠貴には不思議で……でも、少し淋しそうな横顔だったから、それ以上なにも言えない。

「あ、でも蒼甫は俺たちの隠れ場所を知ってるから、これはかくれんぼにならないな。なんか、コッソリ隠れてもすぐに見つけられそうだし……」

自分より遥かに大人だからか、蒼甫には、なにもかも見透かされているような気がする。それも、少し苦手意識を持つ理由なのかもしれない。

「今度、絶対に見つからないところに隠れて蒼甫をビックリさせてやろ？」

珠貴が誘いかけると、千翔は少し驚いたように何度かまばたきをして……唇に笑みを浮かべて、小さくうなずいた。

「おい。楽しそうな密談《みつだん》を邪魔して悪いが、笠原が来たぞ。黙って隠れてろよ」

自分たちの会話は、筒抜けだったに違いない。

笑みを含んだ蒼甫の言葉に、慌てて口を噤んだ珠貴と千翔は、顔を見合わせてうなずき合った。

□□□

千翔と二人で診察台の下に身を潜めた珠貴は、耳に神経を集中させて蒼甫と笠原の会話を盗み聞きする。

「理由も言わずに今すぐ来いとは、なんですか？」

蒼甫がどんなふうに呼び出したのか珠貴は知らないけれど、強引に呼びつけられたらしい笠原の声は、硬質なものだ。

普段と変わらないようでいながら、珠貴は、この声を発する時の笠原がとてつもなく不機嫌だということを知っている。

「タマの異変に、気づいてるか？」

「異変……とは？」

探りを入れた蒼甫に、笠原は微塵も動揺を感じさせない声で答える。

ここからでは顔を見ることはできないが、きっと見事なポーカーフェイスなのだろうと想像はつく。

隠れて聞いているだけの珠貴のほうが、心臓がドキドキしてきた。

「澄ました顔で、しらばっくれるなよ。……ハッキリ言ってやる。尻尾。レッサーパンダ柄のヤツだ」

回りくどい駆け引きが苦手なのはなんとなく想像がついていたけれど、手の内を明かすのが早すぎるのではないだろうか。

そう珠貴が考えたのとほぼ同時に、千翔がひっそりと吐息を漏らす。きっと、珠貴と同じことを思ったのだろう。

笠原の声は聞こえない。蒼甫と、無言で睨み合っているのだろうか。

「あの単純バカが、長時間一緒にいる相手に隠せるとは思えない。タマは自分がミスをして、とか言っていたけど、研究室で保管していたものが原因だろうから……責任者のおまえが、気づかないわけないよなぁ」

「……だったら、なんです？　報告義務違反で、審議にかけますか」

飄々《ひょうひょう》とした口調の蒼甫とは異なり、笠原の声は淡々としている。きっと、表情も変わらない。どちらも、ある意味マイペースだ。

蒼甫がどう答えるのか、固唾《かたず》を呑む珠貴の耳に、意外な言葉が飛び込んできた。

「俺は、あいつの尻尾を消せるぞ」

「……まさか。いくらあなたでも、そんなものを短時間で開発するなど」

言葉尻は濁されたけれど……半信半疑だという思いが声に滲んでいるのは、珠貴にもわかる。

笠原が、蒼甫に対して苦手意識を抱いていることは、間違いない。でも笠原は、蒼甫のことをなんとなく特別視しているように見える。そうでなければ、「いくらあなたでも」という言葉は出ないだろう。

「いや、マジで。何年か前に、ネコ科用の特殊な血清《けっせい》を作った。コンタミによって汚染された人間の細胞内から、異種族のＤＮＡのみを狙い撃ちして消滅させられる。開発理由は……個人的な趣味とでもしておこうか。ゼロから開発するならともかく、そいつを改変するだけなら大して時間はかからん」

軽い、冗談を言っているような口ぶりだったけれど、笠原は黙り込んでいる。そんなもののあり得ないだろうと、反論するわけでもない。

室内の緊迫した空気にあてられて、珠貴も、本当に尻尾を消す特効薬が存在するのではないかと……信じそうになる。

もしかして蒼甫は、珠貴が思っていたよりもずっとすごい人なのだろうか？

チラリと千翔の顔を窺っても、珠貴の疑問を晴らすことはできなかった。ほんのりとした微笑で、いろんなものを隠している。

「どうする？　消滅させてもいいのか？　レッサーパンダ柄の尻尾。カワイーから、アレを消すのがもったいないと思うのもわかるけどな」

それは、珠貴をからかう時と同じ調子だった。

あの、笠原を相手に……と、眩暈のようなものを感じたけれど、よく考えれば蒼甫は笠原よりもずっと年上なのか。

一応、丁寧な言葉遣いで接する笠原の態度から察するに、きっと研究所内での立ち位置も蒼甫が上だ。

息苦しいような沈黙が、四、五分は続いただろうか。

ようやく、笠原が口を開いた。

「珠貴の望むようにすればいい」

「おまえは？　それでいいのか？」

蒼甫の声は、先ほどまでのからかいを含むものではない。真剣な響きで、笠原の真意を探ろうとしている。

笠原はなんと答えるのだろう。蒼甫が口にしていたように、カワイーから消すのがもったいない……とは、言ってくれないだろうけど。

でも、少しでも珠貴とその尻尾を特別に思ってくれているのなら、難色《なんしょく》を示してくれるかも？　という期待で、ドキドキする。

「どうでもいいですね。あの尻尾は、珠貴が勝手に生やしたものだ。そうしろと強要したわけではないですし、尻尾があろうがなかろうが、私には関係ない」

けれど数秒後、笠原の口から出たのは、冷淡とも言える静かな声だった。

ドクン、と耳の奥で心臓の鼓動が更に大きく響いた。

「尻尾がなくなったら……身軽になったとばかりに、珠貴はおまえの傍から立ち去るかもよ？」

「……好きにすればいい」

二人の会話は続いていたけれど、珠貴の耳にはほとんど入ってこない。

笠原にとって、珠貴は「どうでもいい」とか「関係ない」という言葉で終わる存在なのか……と目の前が暗くなる。

「話がそれだけなら失礼します。査問委員会に問題提起するのなら、お好きになさってください」

かすかな衣擦れの音、足音は聞こえずに……ドアが開き、静かに閉じられたのがわかる。

きっと、笠原が医務室を出て行ったのだ。

所作にも一切の動揺を滲ませることなく……普段通りの、冷静そのものの動きで。

「タマ？　顔色、よくない……」

隣にいる千翔には、珠貴のショックが伝わってしまったようだ。もともと珠貴は、なにに関しても隠すのが下手なのだから、当然か。

心配そうに、優しい声でそんなふうに問われると……泣きたくなって、困る。

「平気っ。武聡くんは、おれのことなんかどうでもいい……って、わかってたことだし。今更、ショックなんか……受けない」

泣きそうになったことを誤魔化したくて、自分に言い聞かせるように、「なんともない」と繰り返す。

バサッと。予告なく目の前の布が捲り上げられ、蒼甫が診察台の下を覗き込んできた。

「あいつ、相変わらず可愛くねーなぁ。意地でも動揺なんか見せないとばかりに、強がりやがって。俺が、タマの尻尾を消してやるって言った瞬間、目を泳がせたくせに」

蒼甫は、ククク……と笑ったけれど、珠貴は笑えない。

うつむいて、

「強がりじゃなくて、本当に動揺なんかしてなかったんだよ」

と、つぶやく。

笠原が、珠貴のことで動揺などするわけがない。だって、『関係ない』のだから。

のそのそと診察台の下から這い出た珠貴は、立ち上がって肩からずり落ちていた白衣を整えた。

　蒼甫と、その隣に立った千翔を見上げて、「へへ」と笑いかける。

「せっかく、なんとかしてあげるって言ってくれたのに……ごめん。おれ、武聡くんになんとも思われてない……て、わかっただけ……」

　なんだろう。声が、変に喉の奥で引っかかっているみたいだ。

　あれ？　と空咳をした珠貴は、ギュッと唇を噛んで二人に背中を向ける。

「帰る、ね。お邪魔しました」

「……タマ。珠貴」

　千翔にそっと名前を呼ばれたけれど、振り返ることができない。気遣ってくれているのが伝わってくる。でも、自分が、今……どれだけみっともない顔をしているのか、わからないから見せられない。

　急ぎ足でドアに向かうと、医務室から逃げ出した。力加減ができず、バタンと勢いよくドアが閉じてしまう。

　武聡くんは、ほとんど音を立てずに出て行ったたなぁ……と改めて普段通りだったことを思い知らされ、強く拳を握った。

　笠原のことを考えた時に、胸の奥から込み上げる苦しさの理由は……結局、わからないままだ。

《八》

「タマ、書棚の一番上……右端にコイツを突っ込んでおいてくれ」

「うん」

笠原から差し出された、ハードカバーの分厚い本を受け取る。一番上の段は、珠貴がどんなに頑張って背伸びをしても届かない位置だ。踏み台を持ってきて書棚の前に置くと、言われた場所にズッシリと重い本を両手で収めた。

踏み台から足を下ろす珠貴を、笠原がジッと見ているのがわかるけれど、顔を上げられない。

今日は、朝から一度も笠原と目を合わせられずにいる。

珠貴の尻尾を消してもいいのかと問いかけた蒼甫に、冷淡な声で「関係ない」と言い放った笠原の声が、耳から離れない。

「次は？」

どんな雑用でもいいから、動いていたほうがいい。そう思って催促した珠貴に、笠原は感情の窺えない声で返してきた。

「……白衣を脱げ。経過観察だ」

尻尾の状態を確かめるのは、日課の一つだ。

白衣を脱ぎ、ズボンも脱ぎ捨てて笠原に尻尾を見せることなどすっかり慣れたはずなのに、珠貴は震えそうになる手でグッと白衣を握ってうなずくと、緩慢な動きで脱ぎ落とす。

笠原は、診察室での蒼甫との会話を珠貴が隠れて聞いていたと知らない。だから、珠貴が一人で勝手に傷ついて、笠原との接触を避けようとしているのだ。

「ッ……」

尻尾を曝《さら》け出した珠貴は、奥歯を噛んで笠原の手に預けた。

泣きたくなるほど頼りない気分になる原因は笠原の手だということは、確かだから……。

今は、触れられるのが苦しい。

さわさわと弄ったり、毛の抜け具合を確かめようとしてか、軽く摘まんだり……くすぐったい。

「い、痛……っ、ギュッと握らないでよっ！」

予告なく強く握り締められて、背筋を駆け上がる痛みに身体を震わせる。涙目になった珠貴は、気まずさを忘れて笠原に苦情をぶつけた。

睨みつけた笠原は、セピア色の瞳でジッと珠貴を見据えていた。目が合わないように逃げ回っていたあいだも、こうして珠貴を見ていたのだろうか。

「俺に信じてもらうため……とか言っていたが、もういらないのか？　こいつが、邪魔になったか？」

「邪魔なんかじゃ……ない。なんでそんなこと、言うんだよ？」

尻尾を手の中に握ったままポツリと尋ねられ、ゆるく頭を振った。

笠原には相変わらず表情がなくて、なにを思って珠貴にそんなことを聞いてきたのか窺い知る術がない。

「医務室の主に聞いた。……消したいって、おまえが相談したんじゃないのか？」

「…………」

笠原と蒼甫の会話を盗み聞きしていたと、知られてはいけない。だから下手に答えられなくて、無言で目を泳がせる。

だいたい、どうして笠原に、責めるような口調でそんなことを言われなければならないのだろう。

消せると言った蒼甫に、「珠貴の好きなように」と答えたくせに。

研究対象としては、魅力があるから？　それとも、珠貴のことはどうでもよくても……レッサー柄の尻尾だけは、好き？

「俺以外に……これを見せたのか？」

「い、痛いって！　なんで怒ってるんだよ」

握った尻尾をグイグイと引っ張られて、痛い……と涙目で睨みつける。

不機嫌だということは間違いないが、その理由が珠貴には見えてこないので、どんな態度を取ればいいのかわからない。

「怒って？　……ない」

「嘘だ。怒ってる」

断言した珠貴が唇を引き結んで笠原を見上げると、ほんの少し眉を顰めて気まずそうに目を逸らした。

珠貴の尻尾を握る指の力を、強くしたり弱めたり……手の中で弄《もてあそ》びながら、ポツポツと口を開く。

「信頼の証だなどと言って、こんな姿になったことを……後悔しているんだろう。消したいのなら、俺に言えばよかったんだ。他の人間に見せて、触らせたのか？」

忌々しげな口調は、まるで、珠貴が笠原以外に尻尾を見せたり触らせたりしたことが許せない……と言っているみたいだ。

独占欲？　と頭に浮かんだ単語を、慌てて打ち消す。

そんなこと、あるわけがない。笠原が珠貴を独占したがっているなんて、とんでもなく都合のいい解釈だ。

珠貴がなにも言えずに戸惑っていると、笠原が尻尾のつけ根あたりまで指を潜り込ませてくる。

「ぁ……」

ビクッと身体を震わせた珠貴は、身体を駆け抜けた奇妙な感覚に唇を震わせた。

なに？　今の……。ゾクッとした。

「ふーん？　こんなに敏感だったか？　感覚が鋭くなっているのか、別の人間に触られたせいか……」

「やっ、根本のほう……握んないで」

話しながら苛立ったように尻尾を握られて、ビクビクと肩を震わせた。

嫌だと言ったのに、笠原はますます苛立たしげな仕草で、尻尾のつけ根あたりに指先を食い込ませてくる。

「尻尾への刺激が、性感を呼び覚ますのか。新発見だな」

「ン……な、に？」

笠原がなにを言っているのか、珠貴には意味が理解できなくて……また「バカ」と言われることを覚悟の上で、聞き返した。

けれど笠原は、珠貴をバカにすることなくすんなりと答えてくれる。

「今のおまえは尻尾を弄られてエロい気分になってる、ってことだよ。目、ウルウルだし……自分でもわかるだろう」

「エロ……っ？　そんなの知らないっ。なんだよ、急に。意地悪になったかと思えば、変な触り方をして……ワケわかんない」

半べそ状態で、わけのわからない行動に出る笠原を責める。

もう、お子様扱いされてもいい。この混乱が少しでも鎮まるのなら、いつものように「バカ」と言われてもよかった。

それなのに、笠原はなにも言ってくれない。無言で、反応を窺うように珠貴の尻尾を弄り続けている。

「他のやつに触られても、こんなふうになるのか？」

低い声でそう問われて、目を瞠った。ぼんやりとしていた頭が突如《とつじょ》クリアになり、勢いよく首を左右に振る。

よくわからない感覚には、戸惑うばかりだ。でも、それだけは否定できる。

「なるわけないっ。武聡くんが触るから……っ、こんなの知らな……い。もうヤダ。心臓壊れそうなくらいドキドキするし、武聡くんは意地悪だし、苦しくて……怖いのに、武聡くんから離れるの、もっと嫌で……」

自分がなにを言っているのか、本当にわからなくなってしまった。

笠原は、もっとわからないだろう……と思っていると、尻尾を弄っていた手の動きが止まる。

「っ、おまえこそ……なんなんだ。単純で、真っ直ぐにぶつかってきて……見てるとイライラする。どんな人間も無視することができていたのに、おまえだけは存在を消せない」

「……おれ、だけ?」

イライラすると言われているのに、笠原の言葉は珠貴の中から歓喜を呼び起こす。

どんな感情でもいいから、笠原にとっての特別なら……嬉しかった。

珠貴にとっての笠原が特別だから、同じ感情でなくても、無視できるその他大勢と違うのならそれだけでいい。

「イラつくと言われているのに、喜ぶなよ。バカだな」

「ん……バカでいい。武聡くんが嫌なら、誰にも見せないし触らせない。だから……いらないって言わないで。尻尾……消したらダメだって、怒ってよ。蒼甫に、関係ないって言ったの……淋しかったんだからっ」

懇願《こんがん》した珠貴に、笠原はググッと眉を顰めた。怖い顔をして、「おい」と珠貴の頭を両手で挟み込む。

「医務室で、おまえの尻尾を消すの消さないのって話をしている時に、おまえの姿はなかったはずだよな?」

間近に迫る、淡い色の瞳が綺麗だ……と、のん気なことを考えていた珠貴は、迫力たっぷりに凄まれて自分の失敗を悟った。

今、自分は……医務室での蒼甫と笠原のやり取りを盗み聞きしていたと、言葉にしてしまったか？

笠原は、珠貴が二人の話を聞いていたのだと察して……あきらかに機嫌を降下させている。

「あ……の、ごめんなさい。千翔と、隠れて……蒼甫と武聡くんの話を、聞いてた。蒼甫が、おれの尻尾を消せるって言ったら、武聡くんはおれの好きにすればいい……関係ない、って」

盗み聞きを謝りつつ、蒼甫に対して言い放った笠原の台詞をポツポツ口にする。

又聞《またぎ》きではなく、珠貴がその場にいたことを確信したのだろう。笠原の纏う空気が、更に冷たいものになった。

「ふざけんなよ。っ……くそ、あいつの術中《じゅっちゅう》にハマったみたいで悔しいだろう」

あいつ、と忌々しげにつぶやいた笠原の頭に浮かんでいるのは、蒼甫の姿に違いない。

術中だとか、笠原が蒼甫に苛立って悔しがっていることの理由は、わからない。

でも、その原因となったのはたぶん珠貴で……自分のせいで笠原が苦悩しているのなら、申し訳ない気分になる。

珠貴は、もう一度「ごめんなさい」と小さな声で謝る。

笠原が大きく息をつき、怒られる……と目を閉じて肩を竦ませた直後、唇になにか……

やわらかなものが、触れた？

「……えっ、と？」

恐る恐る瞼を開いた珠貴の視界いっぱいに、笠原の綺麗な顔が映る。

なんだった？　なに？

忙しないまばたきを繰り返していると、笠原の顔がもっと近づいてきて、唇が触れ合わされる。

「ぅえ？　ええっっ？」

「うえってなんだ。色気がねーなぁ、ガキ」

あまりの事態に、目を回しそうになっている珠貴を見下ろす笠原が……笑った。

両手でグシャグシャと珠貴の髪を撫で回して、額と額を合わせる。

「腹立たしいが、あの男のおかげでいろいろと自覚したな。俺の感情を乱すのは、おまえだけだ。二度と、尻尾を誰にも見せるな。触らせるな。おまえは……俺にだけいじめられていたらいいんだよ」

ずいぶんな台詞を言われていると思うのに、胸の奥がギュッと苦しくなる。

自信たっぷりなようでいて、珠貴を見詰める笠原の目にかすかな不安が滲んでいるせいかもしれない。

おまえだけだという言葉に、ドキドキして……顔がどんどん熱くなる。

「いじめられるのは、嫌かも」

「我儘なお坊ちゃんだな。じゃあ、どうしてほしい？」

ほんの少し苦笑を浮かべた笠原は、珠貴の髪を撫で回して目を覗き込んでくる。

宝石みたいに綺麗だ……と。初めて逢った時も、頭に浮かんだことを思い出した。

「可愛がって、ほしい。あの……レッサーパンダみたいに、ギュッて抱いて、好きになってもらいたい。おれだけ、武聡くんのこと好きなのは……淋しい」

突っぱねられるかもしれないと、不安を抱えながら懇願した。

好きだ、と。

この想いを表すことのできる言葉は、きっとそれしかないのだと、言い放った後でようやく答えに辿り着く。

好きと口にするだけで、心臓の動悸が更に激しくなるみたいだった。

笠原からの返事はなくて、やはりダメかとうつむきかけたところで、両腕の中に強く抱き込まれる。

「可愛がってやるよ。好きに……ってやつは、まぁ……もうなってるかもな」

「かも？　まだ、足りない？」

嬉しい……と、じわりと持ち上がっていた尻尾が、ピクリと震えて垂れ下がったのがわかったのだろう。

笠原の手が、珠貴の腰あたりをポンと叩く。

「……チッ、勘弁してくれ。言わせるのかよ」

苦い口調でそうぼやく声が、頭上から落ちてくる。珠貴はギュッと笠原の背中に抱きついて催促した。

ため息が髪を揺らし、続いて珠貴が初めて耳にする、諦めたような響きのやわらかな声が聞こえてくる。

「まぁ……おまえより年を食ってる俺が、逃げちゃならんよなぁ。あー……好き、だよ。きちんと、珠貴が好きだ。だから、淋しいなんて言うな」

好きだ、と。笠原から言ってもらえるなんて、期待さえしたことのない言葉を聞かせてくれた。

胸の奥が熱くなり、広い背中に抱きついた手が震える。

「ん、ぅ……ん、嬉し……ッ」

嬉しいと笑いたいのに、声が揺らいで掠《かす》れてしまった。きっと、無様《ぶざま》な顔をしているから見せられない。

笠原の胸元に顔を埋めて、子供のようにしがみついていると、背中を撫でてくれていた手が尻尾をギュッと掴んだ。

「っ、痛い……って。なんで、急に尻尾……」

「いや、だって……さっきからパタパタと上下左右に動いてるの、自覚しているか？　俺の手に、さわさわと毛が当たってくすぐったいんだよ」

「そ……う？」

尻尾の動きなど意識していなかった珠貴は、顔を上げられないまま首を捻る。

感触を楽しむように、強弱をつけて尻尾を握り続けている笠原の言葉を、丸ごと信じてもいいのだろうか。

それに、ずっと弄られていたら、なんだか奇妙な感覚が込み上げてくる。

「武聡くん、尻尾……離してよ。なんか、変な気分になる」

「……逆効果だ、バカ。そんなふうに言われたら、ますます触り倒したくなるのが男の性だよなぁ」

逆毛を立てるように尻尾の先端から根元まで撫でられて、咄嗟に奥歯を噛んだ珠貴はビクビクと肩を震わせた。

熱い。身体の奥から、じわじわと熱が広がっていく。

「な？　可愛がらせろよ」

「それ、そんな言い方……ズルい。おれが嫌だって言えないの、わかってて……」

珠貴は、そう言われてこの腕の中から逃げられるわけがないだろうと、肩の力を抜いて笠原に身体を預ける。

嬉しいから逃れられない悔しさに、拳を握って笠原の背中を叩き、もう一度「ズルいよ……」とつぶやいた。


部屋の隅に置かれているソファベッドは、今日も珠貴が掃除をした。

見慣れたこれを、こんなふうに自分が使うことになるなんて……と、座面についた膝が震える。

裾が長めのシャツを着ているとはいえ、剥き出しの下半身を笠原に晒していると考えるだけで、恥ずかしくて死にそうになる。

ソファに膝をのせ、目の前にある背もたれ部分を強く掴んだ珠貴は、背後から聞こえてきた笠原の声にビクッと肩を震わせた。

「もうちょっと、尻尾を横にどけろ」

「や、やだ。だって、見える……」

腰のところにある尻尾を掴まれて、慌てて笠原を振り向いた。

下半身を隠してくれるはずのシャツの裾は、背中の途中まで捲り上げられている。その上、尻尾まで除けられたら……なにもかも、笠原に見られてしまう。

泣きそうな声で拒む珠貴に、笠原は小さく笑った。

「バカ。見ようとしてるんだよ」

「でも、ぁ……ッ」

尻尾を無造作に脇に払い除けられてしまい、抗議をする間もなく腿の内側を笠原の手が這い上がった。

太もものつけ根で動きを止めると、ゆっくりと長い指が屹立を握り込む。

「嫌がってないだろ。こうやって、ちょっと触っただけで……なぁ?」

「んっ、ん……ぅ」

必死で奥歯を噛み締めて、溢れそうになる声を喉の奥に押し戻す。

心臓がドキドキし過ぎて、苦しい。

笠原にガキと言われる珠貴でも、自分でそこに触れたことくらいはある。でも……こんなに身体が熱くならなかった。

笠原が言うとおり、少し触れられただけで切羽詰まった状態になっている。

「とろとろになってきた。……一回、出しておくか?」

「やだっ。おれだけ、なんて……絶対、嫌だっ」

笠原の言葉を拒絶した珠貴は、目の前にある自分の手首に噛みつく。

その痛みで、込み上げる熱を抑え込もうとしたのに……思うように気を逸らすことができない。

「や、武聡くん……も。おれだけは、ヤダ」

半べそで、笠原と熱を共有したいのだと訴える。だから、ガキなんだと呆れられるかもしれなかったけれど、それでもよかった。

うまく立ち回る術など、知らない。計算も苦手だ。珠貴にできるのは、思いをそのまま伝えることだけだ。

「っとに、おまえは……タチが悪い。計算ずくの誘惑なら、簡単に躱《かわ》せるのに……なぁ」

苦い口調の意味は、珠貴にはわからない。

でも、屹立に触れたままの笠原の手と、首筋に押しつけられた唇が熱を帯びているから……それでよかった。

いつも淡々としている笠原が、自分に触れて熱っぽい息をついているのだ。

「俺は、強欲だからな。おまえのためを思って、途中で引いたりしない。全部、俺のものにする。……気持ちいいだけじゃないぞ」

「いい、って。そのほうがいい。欲しがってくれたら、嬉し……っ」

言葉の途中で、尻尾を掴んでいた笠原の手が動くのがわかった。根元のところを指先で撫で、その……下、双丘の狭間に押しつけられる。

「ここに突っ込まれるとか……考えたこともないだろ」

低い声は、珠貴を脅しているつもりに違いない。泣きながら逃げたら、きっと「だからガキは」と見逃す気なのだ。

途中で引いたりしないなどと言ったくせに、迷いが残っているのだと……そっと押しつけられただけの指から、伝わってくる。

「考えたこと、ないけど……だから、武聡くんが教えて。怖くても、なんでもいい。本当だよ。嫌がってない、ってわかる……？」

尻尾で妨害する気はないのだと、脇に寄せていることでわかってくれないのだろうか。

笠原が触りやすいように、誘うように……差し出しているのに。

「いい覚悟だな」

低い声と同時に指が離れて行き、やっぱりしたくないのか……とうな垂れかけたところで、ビクッと身体を震わせた。

「やっ、なに？　冷た……ぃ」

「ジッとしてろ。ただのワセリンだ。コレ用ってわけじゃないが、無香料で無着色、防腐《ぼうふ》剤《ざい》不使用……まぁ、害はないだろう」

「んー……ぁ、ぁ……ッ」

ゆっくりと突き入れられた指は、ぬるぬるとやけに滑りがいい。

どこに意識を集中させればいいのかわからなくて、戸惑う。大きく息を吐き、笠原の手にすべてを委《ゆだ》ねようと、ソファの背もたれを掴む手に額を押しつけた。

「熱いな。あっという間に溶けて、とろとろだ」

「ッ、あ！　ゃ……あんまり、動かしちゃ……っ、変な感じ、する……からぁ」

笠原の指が抜き差しされるたびに、身体の奥からどんどん熱がせり上がってくる。熱に呑み込まれそうで、怖い。

忙しなく浅い息を繰り返しながら訴えると、うなじに軽く歯を立てられた。

「いや、動かすだろ。……つーか、指で済ましてやる気はないいんだが」

「ア……」

グッと押しつけられた腿のあたりには、熱くて硬い感触が……。それがなにか、経験がなくても珠貴にもわかる。

一応、同じ性を持っているのだ。

「それ、い……入れる？」

「ああ。怖いだろ」

「全然、怖くないっ。じゃ、も……して。頭、クラクラして……わかんなくなる前に、入れ……っふ、あ！」

言い終わらないうちに、指が引き抜かれて……もっと、ずっと熱い、指とは比べ物にならない質量のものが身体の内側に侵入してくる。

痛い。苦しい。でも……逃げたくない。

「あっ、ぁ……つい、っひ……ん」

ガクガクと膝が震えて身体を支えきれなくなった珠貴の腰を、背後から笠原が抱えるようにして身体を密着させてきた。

「ッ……もう少し、力を抜け。落ちないように、支えてやるから」

「ぁ、ぅン……、んっ、それ……っ、武聡くん、の……？　熱い、よ」

「ああ。おまえのナカのほうが、もっと熱い……」

うなじから耳の後ろ側に舌を這わされて、ゾクゾクと背筋を震わせた。

低い声が、いつもよりずっと甘い。肌を撫でる息も熱くて……腰のところにある手も、汗ばんでいるのを感じる。

冷静な笠原が、珠貴を腕に抱いて身体の熱を上げているのだと伝わってきて……頭がクラクラする。

「なん……か、ぞわぞわする。どうしよ。気持ち、い……。武聡くん、も、いい……？」

苦しいのに、苦しいだけではないなにかが込み上げてくる。

どうしよう……と泣きそうになりながら、自分だけが惑乱しているのではないと確認したくて、腰のところにある笠原の手をギュッと握った。

「ン……いいよ。おまえ、熱い……」

「ふっ、じゃ……よか、った」

パタリとひとつ大きく尻尾を振った珠貴は、自分だけではないのなら手放しで熱に溺れてしまえ……と全身の力を抜いて、灼熱《しゃくねつ》の嵐に身を預けた。


「おい、タマ。珠貴。大丈夫か？」

「う……ん」

唇に触れたのは、冷たくて……やわらかな感触。少しだけ唇を開くと、水が流れ込んできた。

「はっ……ン、もっと」

渇いてヒリヒリする喉に、水分が染み渡る。もっと欲しいと訴えると、再び唇がやわらかなものに包まれた。

「もうちょっと、寝てていいぞ」

髪を撫でる手も、いつになく優しい響きの笠原の声も心地よくて、珠貴は「うん」と小さく頭を揺らす。

そっと開いた目に映ったのは、蜂蜜色の髪と自分を見下ろすセピア色の瞳だった。

「膝枕《ひざまくら》……」

ソファに座った笠原の腿に、頭をのせられている。これは、膝枕と呼ばれる状態だろうかと小さく口にすると、笠原がほんの少し笑った。

「硬くて悪いな。他に持ち合わせがないから、我慢しろ」

「ううん。すごい……贅沢《ぜいたく》」

仄かな笑みを浮かべた珠貴の前髪を、笠原の指がくしゃくしゃと撫でる。

触れられるのも、頭の下にある硬い脚も……全部、気持ちいい。

「尻尾、まだある？　気持ちよすぎて、融けちゃったかも」

「……心配しなくても、健在だ」

笠原の声と共に、緩く尻尾を握られた感覚がある、ということは……きちんとついているらしい。

ふぅと息をついた珠貴に、笠原が苦笑を浮かべた。

「なくなったほうがいいんじゃないか？　いろいろ邪魔だろ。俺は、触り心地が悪くないから、まぁいいと思うが」

「そうでもない……けど。それに、武聡くんが気に入ってくれてるなら、いいかなぁ」

強く握られたり引っ張られたりするのは嬉しくないけれど、指先でそっと弄られるのは悪くない。

珠貴の答えに、笠原は呆れたようにつぶやく。

「俺がよければ、か？　おまえ、どれだけ俺が好きなんだ」

冗談めかした、からかう調子だったけれど……初めて身に受けた強烈な快楽の余韻で、ぼんやりとした心地に漂う珠貴は、頭に浮かぶままを返した。

「一万、十万……もっと、無限大に好きだよ。武聡くんが、おれじゃなくて……尻尾だけ好き？　でも……」

珠貴では、うまく数字で伝えられない。だから、知っている一番大きな『無限大』を口にして、好きを伝えた。

「……だけ、とは言っていないだろう」

ポンと珠貴の頭に手を置いた笠原は、そっぽを向いてしまったけれど……指のあいだから覗く頬が少しだけ紅潮しているように見えるのは、気のせいだろうか。

珠貴は唇に仄かな笑みを滲ませて、もう一度「好き」とつぶやいた。

《エピローグ》

「結局、尻尾はどうするの？」

消毒薬の匂いがする医務室は、すっかり通い慣れた馴染みの場所だ。

目の前のイスに座っている千翔が、ほんの少し首を傾げて尋ねてくる。

珠貴は、ココアの入ったマグカップを両手で包み込むように持って、ポツポツと答えた。

「しばらく、このままでいいかなぁ……って。武聡くん、尻尾を触るの好きみたいだし、特に日常生活に支障はないから」

「タマがそれでいいなら、おれは何も言えないけど……」

千翔はそう言いながらも、少しだけ渋い表情をしている。

心配、してくれているのだろうな……と思った珠貴は、笑って言い返した。

「ありがと、千翔。本当にいいんだ。だって、あの武聡くんが嬉しそうにちょっとだけ笑いながら、尻尾を握るんだよ？」

「嬉しそうに……笑いながら……」

その図を想像しようとしたのか、千翔は白い天井付近に視線を泳がせて……断念したらしい。ギュッと目を閉じて、頭を左右に振る。それを少し離れたところから見ていた蒼甫が、「ククク」と低く笑うのが聞こえて目を向ける。

「千翔、もうおまえが心配することじゃねーなぁ。タマはタマで、笠原のことをそれなりに理解してるだろ。隙を見せたがらないあいつが、気を抜くことができる相手なんて……タマだけだろうしな」

視線が合った珠貴に、「なぁ？」と笑いかけてきたが、珠貴はつられて笑うことなく表情を引き締めた。

そんな反応は予想外だったのか、蒼甫が「おや」と目をしばたたかせる。

「どうした、タマ。似合わねぇ凛々《りり》しい顔をして」

「似合わなくて悪かったな。……なんか、蒼甫は武聡くんのことをよく知ってるっぽくて、悔しい。武聡くん、おれにはほとんど話してくれないのに」

いつからこの研究所にいるのか、とか……学生時代はどんな少年だったのか、やはり成績優秀者として表彰されたりしていたのか……とか。

何度かタイミングを見計らって聞いてみたことがあるけれど、適当な言葉で誤魔化されるか黙殺されるかで、望む答えが得られたことはないのだ。

でも、蒼甫はきっと珠貴より遥かにたくさん笠原のことを知っている。それが悔しい。

思うままを告げた珠貴に、蒼甫は「ふっ」と鼻で笑った。

「よく知ってる、ってほどじゃないぞ。ほとんど噂で聞いただけで、笠原本人が俺に話したわけじゃない。あいつも、ここの研究者が適当に語る噂……研究に厭きたから失踪を装って雲隠れしているとか、手詰まりになってスランプ状態から逃げたとかってやつのせいで、俺にツンツンしてやがる。直接聞いてきたら、本当のことを教えてやるのに……可愛くねーなぁ」

笠原のことを語る蒼甫の口調は苦いものだけれど、どこか楽しそうだ。ツンツンしてやがる、などといいつつ笠原のことを嫌っているわけではないのだろうと伝わってくる。

周りからの噂、か。きっと、珠貴も研究員たちのあいだでロクな噂をされていない。

「ここの人たちって、暇……じゃないよね？　おれよりずっと頭がいい人ばかりなのに、なにかと面白おかしく噂話をしてるって考えたら不思議なんだけど」

珠貴が頭に思い浮かんだことをそのまま口にすると、千翔は「ああ……ねぇ」と苦笑して、蒼甫は「ははは、はっ」と声を上げて笑った。

「おまえの言うとおりだな。ある意味、暇人の集まりだからなぁ。閉鎖的な空間だから、娯楽《ごらく》も人間関係も限られてくる。ちょっと変わったバックグラウンドの持ち主だとか、おまえみたいに毛色の違うやつが外部から入ってきたら格好のネタだ」

ちょっと変わったバックグラウンド……毛色が違う。ここの研究者から見れば、珠貴は、どちらにも当てはまる。

笠原はきっと、『ちょっと変わったバックグラウンド』に該当して……蒼甫も、他人と交流を持たないだろう笠原の耳にまで届くような噂をされるバックボーンの持ち主である、ということか。

チラリと目を向けた蒼甫と、視線が絡む。いい機会とばかりに、疑問をぶつけてみることにした。

「……蒼甫は、千翔みたいにお医者さん……だけじゃないよね。武聡くんも、ちょっと特別視してるみたいだし……なんか違うのは、おれにもわかる」

どう尋ねればいいのかよくわからなくて、いまいち要点のハッキリとしない言葉になってしまった。

笑うか、茶化《ちゃか》されるか……きちんと答えようとしてくれるか。

珠貴の倍近く年上ということもあってか、蒼甫のリアクションはどうにも読めない。

時々、驚くくらい子供っぽいことを口にしたかと思えば、やっぱり大人なんだな……と返す言葉を失うような鋭い指摘をしてきたりもするのだ。

「タマちゃん、おまえさんはやっぱり素直だなぁ。家族中から大事にされてきたんだろ。世間知らずで我儘なところはあっても、ひねたところがない。だから、笠原が傍に置こうとするのもわかる」

茶化した調子で珠貴の名前を呼び、笑みを浮かべながら蒼甫が口にした言葉は、まったく珠貴の質問の答えになっていない。

蒼甫のことを聞いたのに、主語が笠原にすり替えられている。

「千翔、おれ……蒼甫に子供扱いされて舐められてる、ってことは間違いないよね」

ムッとして千翔に話を振ると、困った顔で蒼甫に視線を向けた。

無言で千翔に「どうするんだよ」と訴えられることに負けたのか、蒼甫が大きなため息をつく。

「悪かったよ。俺の経歴については、ここでも一部の人間しか知らない。タマは……そのうち、わかるんじゃないかなぁ。これからも、笠原の助手っつーか雑用係を続けるんだろ？」

「……うん。続ける。それだけじゃなくて」

珠貴が言葉を続けようとしたところで、医務室のドアが廊下側からノックされる音が響いた。

誰かが訪問する予定はなかったのか、訝しげに蒼甫と顔を見合わせた千翔が、「どうぞ？」と答える。

急患だったら、すぐに出て行こう……と珠貴が戸口を注視していると、「失礼します」と短く口にしながら入ってきたのは笠原だった。

「あれ、武聡くん。どうかした？」

珠貴は、千翔とお茶を飲んでくると言い置いて研究室を出てきたのだが、笠原が後からやって来るとは聞いていない。

なにかあったのかと心配になり、腰かけていた丸イスから立ち上がると、笠原はゆったりとした歩調で近づいてきた。

「どうかした、じゃない。一時間以上だぞ。何杯茶を飲む気だ」

「えっ、そんなに経ってた?」

千翔と一緒にいて、他愛のないことを話すのは楽しい。初めてできた、友人らしい友人なのだ。

だから、いつも時間の経過を忘れて医務室に長居してしまうのだけれど……そんなに経っていたのかと、少し驚く。

笠原が無愛想なのは今に始まったことではないが、いつもより眉間に刻まれた縦皺が深い気がする。

「ごめんなさい。なにか、用があった?」

「……別に、おまえがいないとできないことはない。ここの二人の、仕事の邪魔をしているんじゃないかと思っただけだ。おまえの茶飲み友達は、おまえの百倍くらい研究所にとって重要だからな」

少し不機嫌そうに、淡々とそう口にする笠原を見上げていた珠貴は、むむ……と唇をへの字にした。

「どうせ……おれは役立たずですよーだ。だから、ここでバイトさせてもらいながら勉強するって言ってるのに。専門的なことはわかんないから、事務関係とか……簡単な翻訳《ほんやく》くらいなら今でもできるし、生物や化学関係の専門用語も憶えてもっときちんと書類を作れるようになる。武聡くんのサポートを、ちょっとでもできるように。一応、これまでも一番上の兄さんの秘書になる予定だったから、いろいろ教えられてたけど……もっと頑張るし！」

　笠原の助手を続けさせてもらえるようになった時に、珠貴自身が決めたことだ。誰かにお膳立てされるでもなく、初めて自分でいろいろ調べて「これがしたい」と笠原や父親に主張した。

　父親は、珠貴が研究所でのアルバイトによって成長したと喜んでインターネットで教えてくれる家庭教師を手配してくれ、笠原は「ま、少しは使えるようになれよ」といつも通りに素っ気なく答えた。

　今はまだ、秘書兼助手としての修行が始まったばかりだ。

　だから、使えない……と言われても仕方がないと思うけれど、悪戦苦闘《あくせんくとう》しながら辞書を片手にドイツ語の専門書を読んでいる珠貴を知っている笠原にそんなふうに言われると、やさぐれた気分になる。

「あーあ、大人げねーなぁ。タマが、タマなりに頑張ってることはわかるだろうに、八つ当たりするなよ」

蒼甫がそう口にすると、笠原は無言でジロリと睨みつけた。そして白衣のポケットに両手を突っ込んで、回れ右をする。

「……だらだら長居をするなよ」

珠貴を振り返ることなくそう言うと、ドアに向かって歩き出した。

どうしよう……とイスに座ったままの千翔を振り向いて助けを求めたら、視線で「追いかけなよ」と促される。

大きくうなずいた珠貴は、千翔に手を振り……蒼甫におざなりなお辞儀《じぎ》をすると、笠原の背中に声をかけた。

「待ってよ、武聡くん。おれも、一緒に帰る」

一歩、二歩……歩いたところで、突然蒼甫に腕を掴んで引き留められた。

「な……」

「いいか、タマ。あいつは、拗《す》ねてんだ。おまえがここに入り浸って、なかなか自分のところに戻ってこないから……。そのつもりで機嫌を取ってやれ」

「…………」

耳元にコッソリと吹き込まれた言葉は意外なもので、珠貴は「本当に？」と目を見開いて蒼甫を見上げる。

あの笠原が、拗ねている？

それも、珠貴がなかなか戻ってこないから？

苦手だと言っていた医務室に顔を出したのも、珠貴を迎えに来てくれたのだと思っていいのだろうか。

そろりと戸口に目を向けると、笠原がドアを開けた状態で立ち止まっていた。振り返りはしないけれど、珠貴を待ってくれている？

声もなく、動くこともできずにいると、笠原が低く「タマ」と呼びかけてきた。

「グズグズしてんなよ」

「あっ、はい！　すぐ行く。待って！」

慌てて笠原に駆け寄る。

医務室のドア付近で足を止めて振り返ると、千翔と蒼甫がこちらを見ていた。

「また来るから！」

二人に手を振って音を立てないようにドアを閉めると、もう珠貴を待つことなく廊下を歩いて行く笠原の背中を追い、肩を並べる。

「待ってって、武聡くん。歩くの速い……」

「俺は、普通に歩いている。おまえの脚が短いだけだろう」

「……脚だけじゃなくて、胴も短いよ」

身長差があるのだから、ストライドが違っていても当然だ。

大人げない台詞に、むっと唇を尖らせる。

「おまえ、ちょっと医務室に入り浸りすぎだろう。雑用が溜まってるぞ」

「え……と、ごめんなさい」

素直に答えて、チラリと笠原の横顔を見上げる。

蒼甫が言っていた、拗ねている……という言葉が正解かどうかは、表情から読むことはできない。

まさか、笠原がそんな、子供みたいに……？

「あの、武聡くん。おれ、もっと役に立つように頑張る。だから、助手をクビにしないで」

「クビだとは言っていないだろう」

短く返ってきた言葉は、やはりなんとなく不機嫌そうだ。

笠原はそれきり口を噤んでしまい、珠貴ももうなにも言えなくて……会話のないまま笠原の研究室に着いてしまった。

ドアを閉めれば、誰かとすれ違う心配もない……完全に二人だけの空間だ。

「あと、あれ……尻尾も、もう千翔や蒼甫には見せてないよ。武聡くんだけにしか、見せないって約束したから」

振り向いてくれない背中に、珠貴は一生懸命に話しかける。

「……ふん。あの人なら、いつでも消せるだろうがな」

なにも言ってくれなかったら、どうしよう……と思っていたけれど、笠原が答えてくれてホッとした。

「それは知らないけど。武聡くんが消せって言わない限り、消さない。……今は、おれじゃなくて尻尾だけが必要でもいいよ。研究対象として……でも、リラクゼーショングッズの一つとしてでも」

「なんだそれは」

必死で言い募ると怪訝そうに聞き返されて、珠貴は「だって」とつぶやく。

笠原がこちらを見てくれたことがわかったから、次に取る行動が決まった。

うつむいて白衣を床に脱ぎ落とし、Ｔシャツの背中側を捲り上げてジャージのウエストから尻尾を引きずり出した。

「尻尾、触るの好きだよね？　ギュッと握られるのはちょっとだけ嫌だけど……武聡くんのだから、好きにしていいよ」

珠貴の背後で、ふよふよと揺れているレッサーパンダ柄の尻尾が、笠原の目に映っているはずだ。

思い切って顔を上げると、表情を変えることなく、無言でこちらを見ている笠原に珠貴から歩み寄った。

「いろいろ、いっぱい頑張るから。そりゃ……千翔には見劣《みおと》りすると思うけど、おれも、もっと助手らしくなる」

なにも言わずに立っている笠原の背中に、両手を回して抱きついた。引き離されないことにホッとして、胸元に頭を押しつける。

「……秋庭医師と並んでも、見劣りしないように……か？　ずいぶんと懐いたものだな」

抑揚のあまりない声は、なにを考えているのか読み取らせてくれない。だから、思うままをストレートに口にする。

「千翔？　うん、千翔は好き。初めてできた友達だし……」

「好き、ね」

低く復唱されて、「あ」と補足しなければならないことに気がついた。

確かに珠貴は、笠原も千翔も、レッサーパンダもユキヒョウも好きだ。蒼甫も、まぁ……嫌いではない。けれどそれらは、横並び、一列の好きではないのだ。

特別は、笠原だけだ。

「でもっ、武聡くんの好きとは違うから！　千翔とは、こんなふうに……くっつきたいとか、思わないし」

「どうだか」

短い一言が頭上から落ちてきて、カーッと頭に血が上った。

その言い方だと、まるで珠貴が千翔に特別な想いを抱いているのではないかと、疑われているみたいだ。

「バカ。武聡くんだけ、特別だって……言ったのに。じゃないと、あんなのできない。それにおれが勉強したいのは、千翔の隣に堂々と並びたいからじゃない。武聡くんが他の人にバカにされるのが、嫌なんだっ。この前カフェで、あんなバカを助手にして、って……笑われた。おれのせいで、武聡くんが笑われるの……悔しい」

笠原に言うつもりのなかった出来事を、勢いで吐き出してしまった。

自分がバカにされるのはいい。実際に、ここの研究者やその助手たちと比較したら、バカだという自覚もある。

でも、珠貴を助手にしているからといって、笠原が嘲笑されるのは我慢できなかった。

「俺のため、か？」

「そうだよっ。おれの全部……武聡くんが中心なんだ。これも……自主性がないバカだって、言う？」

「……バカ」

やっぱり。そう言われるとわかっていたから、笠原に言いたくなかったのに……。

しょんぼりとうつむこうとした珠貴の頭を、笠原が両手で掴んで仰向けさせた。

「な……に」

間近に迫るセピア色の瞳を、ドギマギと見上げた。すごく……綺麗だ。何度見ても、見飽きることがない。どんなに笠原に意地悪なことを言われても、嫌いだなどと思えないのだから、珠貴の負けだ。

「おまえの人生なんだから、おまえの好きにすればいいんだ。俺のため……とか、無駄にするな」

「なんで、無駄？　おれは、おれの好きにしてる。だから、ここにいるんだ」

どうして、笠原が苦い表情でそんなことを言うのかわからなくて、珠貴は不思議な心地で言い返す。

大して役に立たないのに、傍に置いてほしい……なんて、とてつもない我儘だ。

「ったく……おまえは……そうやって真っ直ぐな目で見るから、……揺らぎそうになるだろ。俺は、孤児だった。自分の出生について、今でもなに一つ知らない。この頭脳だけで、少しばかり目立つ外見やガキの頃から際立っていた学習能力を特別視する周囲の人間の、妬《ねた》みや嫉《そね》みを振り払い……蹴り落として、這い上がってきた。血縁者が一人もいないということは、幼少時から無条件に愛し合ったり信じ合える存在がいないということでもある。そんな人間、俺には死ぬまで無縁だと思っていたのに……」

言葉を濁した笠原が、続きを飲み込んだことを誤魔化すように唇を重ねてくる。瞼を伏せて、やんわりとした口づけを受け止めた。

口が悪くて、意地悪だと思うこともあるけれど、笠原のキスはいつも優しい。

もっと、いろいろ話してほしいのに……まだ、珠貴にはすべてを曝け出してくれないらしい。

でも、まぁ……いいか。蒼甫が言っていたように、珠貴が千翔に懐くことを面白くないと感じているのは、どうやら事実らしいから。

いつか笠原が、なにもかも珠貴に話そうと思える日が来ればいい。それまで傍にいられるよう、精いっぱい頑張ろう。

唇を離した笠原は、両手で珠貴の髪を撫で回しながら、不本意そうにボソボソとつぶやいた。

「……尻尾だけが好きとか、可愛げのないことを言うなよ。俺が他人を傍に置くのなんて、例外中の例外なんだ。もっと、自惚《うぬぼ》れろ」

「え？　……え、っと……はい」

どう反応すればいいのか、咄嗟に思い浮かばなくてコクンとうなずく。

数十秒が経過して、じわじわ……笠原の言葉の意味が、頭に浸透してきた。それと同時に、首から上に熱が集まる。

「っくく……なんだおまえ、顔がリンゴみたいになってるぞ」

「だって武聡くんがっ、あんなの……」

ゴシゴシと頬を擦っても、熱は簡単に引いてくれそうにない。笠原が珍しく笑顔を見せてくれるから、嬉しくてますます昂揚《こうよう》してしまう。

「まぁ……尻尾『も』好きだぞ」

笠原は珠貴の背中に手を回すと、両手で尻尾を掴んでそう笑みを滲ませる。

尻尾、『も』……？

珠貴が聞きたいのは、その前の部分なのに。

そろっと目を合わせたけれど、少し意地の悪い顔で珠貴を見下ろしている笠原は、聞かせてくれる気がなさそうだ。

「意地悪な武聡くんも好きなんだから……仕方ないかぁ」

尻尾を弄る手に身を預けた珠貴は、ふっと嘆息して白衣の胸元に顔を埋めた。

尻尾『だけ』ではない。

尻尾『も』、好き。……珠貴『が』、好き。

笠原が「自惚れろ」と言ったのだから……脳内で勝手に補完して、喜んでおこう。

終わり

■あとがき■

こんにちは、または初めまして。真崎《まさき》ひかると申します。

このたびは、『しっぽだけ好き？ ～恋する熊猫《パンダ》～』をお手に取ってくださり、ありがとうございました！

前作に『しっぽが好き？ ～夢見る子猫～』というタイトルがありますが、舞台が共通しているのみで主人公はチェンジしていますので、こちらだけ読んでいただいても大丈夫だと思います。

でも、初めましての方は、この機会に『しっぽが好き？』もお手にしていただけると、すごくすごく嬉しいです。今回、ちょこちょこ出てきて二人のキューピッドになってくれた、蒼甫《そうすけ》と千翔《ちか》のお話です。こちらの尻尾は、ユキヒョウです～。

今回はレッサーパンダだったのですが、数年前に姿勢よく直立するレッサーパンダが有名になったように記憶しています。立ち姿も可愛いですが、縞々《しましま》でふさふさの尻尾が、すっごく魅力的ですね。

前回のユキヒョウに続き、とってもラブリーなレッサーパンダ(&レッサーの尻尾)を描いてくださった、イラストの小椋《おぐら》ムク先生。今回も、大変お世話になりました。本当にありがとうございました！

　もこもこで可愛くて、これは触り倒したくなるよなぁ……と笠原《かさはら》の気持ちがわかりました。レッサーパンダだけでなく、クールビューティーで男前な笠原も、単純バカと言われつつ可愛い珠貴《たまき》も、どのキャラもすごく魅力的に描いてくださって、感謝感激です。

　今回も、ありとあらゆる点でお手を煩《わずら》わせました、担当Fさま。相変わらず手のかかるダメな大人で、申し訳ございません。遠慮なく、背後から蹴りつけてやってください……。本当にお世話になりました。ありがとうございました！

　なにより、ここまでおつき合いくださった読者さま。ありがとうございます！　笠原と珠貴はなんだか騒がしいカップルでしたが、素敵ビジュアルなレッサーパンダたちに、ちょっぴりでも和《なご》んでいただけると幸いです。

　では、このあたりで失礼します。またどこかでお逢いできましたら、嬉しいです！

二〇一七年　金木犀《きんもくせい》が香り始めました　真崎ひかる

初出
「しっぽだけ好き?～恋する熊猫～」書き下ろし

CHOCOLAT
BUNKO

この本を読んでのご意見、ご感想をお寄せ下さい。
作者への手紙もお待ちしております。

あて先
〒171-0014東京都豊島区池袋2-41-6
第一シャンボールビル 7階
(株)心交社　ショコラ編集部

しっぽだけ好き?～恋する熊猫《パンダ》～

2017年11月20日　第1刷

著　者:真崎ひかる
発行者:林 高弘
発行所:株式会社　心交社
〒171-0014　東京都豊島区池袋2-41-6
第一シャンボールビル 7階
(編集)03-3980-6337 (営業)03-3959-6169
http://www.chocolat_novels.com/
印刷所:図書印刷 株式会社

尻尾が好き？～夢見る子猫～

真崎ひかる
イラスト・小椋ムク

もふもふ歳の差ラブ♥

特殊絶滅種研究所で幼獣飼育の短期アルバイトをすることになった IQ170 の若き天才・秋庭千翔。予想以上に幼獣の世話に手こずり落ち込んでいたある日、憧れの絶滅種研究者である和久井博士と同じ名前を持つ幻獣医の蒼甫と出会う。どこか軽く粗暴な彼の露骨な子供扱いに千翔は反発するが、培養菌による混合汚染（コンタミネーション）で幼獣達に似た尻尾が生えた時、蒼甫は「俺がなんとかしてやる」と、ぎゅっと抱きしめてくれて…。